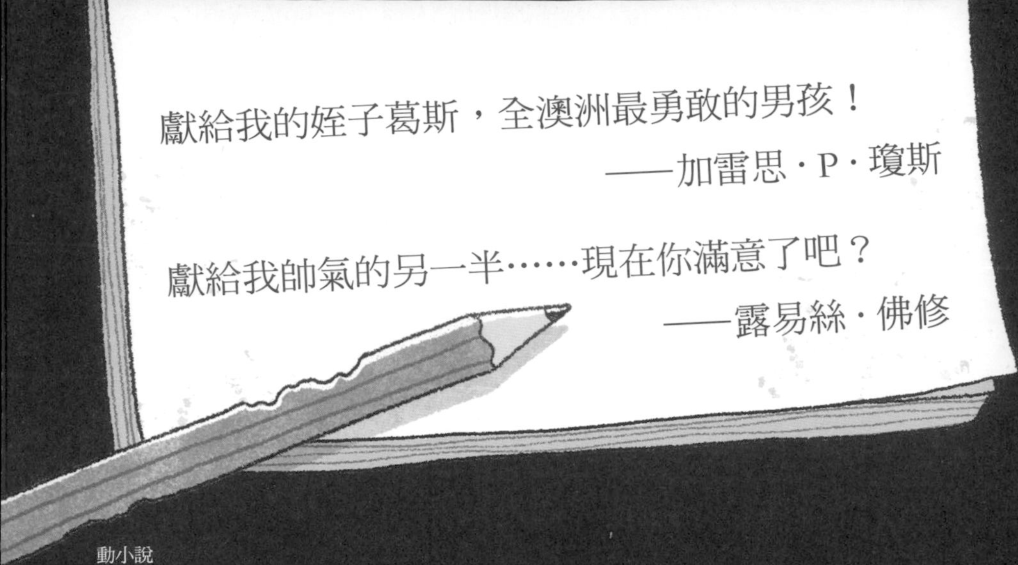

獻給我的姪子葛斯，全澳洲最勇敢的男孩！

——加雷思・P・瓊斯

獻給我帥氣的另一半……現在你滿意了吧？

——露易絲・佛修

動小說

雪怪偵探社❹：外西凡尼亞特快車

文：加雷思・P・瓊斯｜圖：露易絲・佛修｜譯：林劭貞

總編輯：鄭如瑤｜主編：陳玉娥｜編輯：張雅惠｜特約編輯：劉蕙、陳宣妙
美術編輯：黃淑雅｜行銷經理：塗幸儀｜行銷企畫：許博雅、林怡伶

出版：小熊出版／遠足文化事業股份有限公司
發行：遠足文化事業股份有限公司（讀書共和國出版集團）
地址：231新北市新店區民權路108-3號6樓｜電話：02-22181417｜傳真：02-86672166
劃撥帳號：19504465｜戶名：遠足文化事業股份有限公司
Facebook：小熊出版｜E-mail：littlebear@bookrep.com.tw

讀書共和國出版集團網路書店：www.bookrep.com.tw
客服專線：0800-221029｜客服信箱：service@bookrep.com.tw
團體訂購請洽業務部：02-22181417 分機1124

法律顧問：華洋法律事務所／蘇文生律師｜印製：天浚有限公司
初版一刷：2024年4月｜定價：350元｜書號：0BIR0086
ISBN：978-626-7429-45-7（紙本書）、978-626-7429-44-0（EPUB）、978-626-7429-43-3（PDF）

國家圖書館出版品預行編目 (CIP) 資料

雪怪偵探社 . 4, 外西凡尼亞特快車 / 加雷思 .P. 瓊斯文 ; 林劭貞譯 . -- 初版 . -- 新北市 : 小熊出版 , 遠足文化事業股份有限公司 , 2024.04 ; 248 面 ; 14.8x21 公分 . -- (動小說)

譯自 : Solve your own mystery. 4, the Transylvanian express

ISBN 978-626-7429-45-7（平裝）

873.596　　113003420

小熊出版官方網頁　小熊出版讀者回函

雪怪偵探社 4
外西凡尼亞特快車

宛如RPG實境遊戲的互動式推理小說

文／加雷思・P・瓊斯
圖／露易絲・佛修
譯／林劭貞

目次

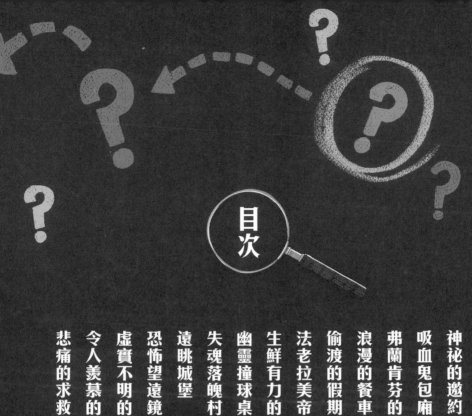

誠徵
私家偵探助理
工作性質：工時長，工資低，工作操
工作地點：避風鎮暗影區
民意調查
下週四將舉行夜間市長選舉，您屬意哪一位候選人？
夜間市長弗蘭肯芬（製造怪物的科學家）
布蘭威爾．史托克（吸血鬼）

分類廣告
狼人窩
享受週末、
釋放狼性的好去處！
你豪邁的狼嚎就是入場費
歡迎搭乘外西凡尼亞特快車，
踏上未知的旅途！
失魂落魄村之旅
絕無僅有的
沉浸式撞鬼體驗！
毛骨悚然的幽靈時光
家有一寶，如有神助
來自弗蘭肯芬的獻禮，
請您好好放鬆，
讓「家務怪寶」來幫忙。

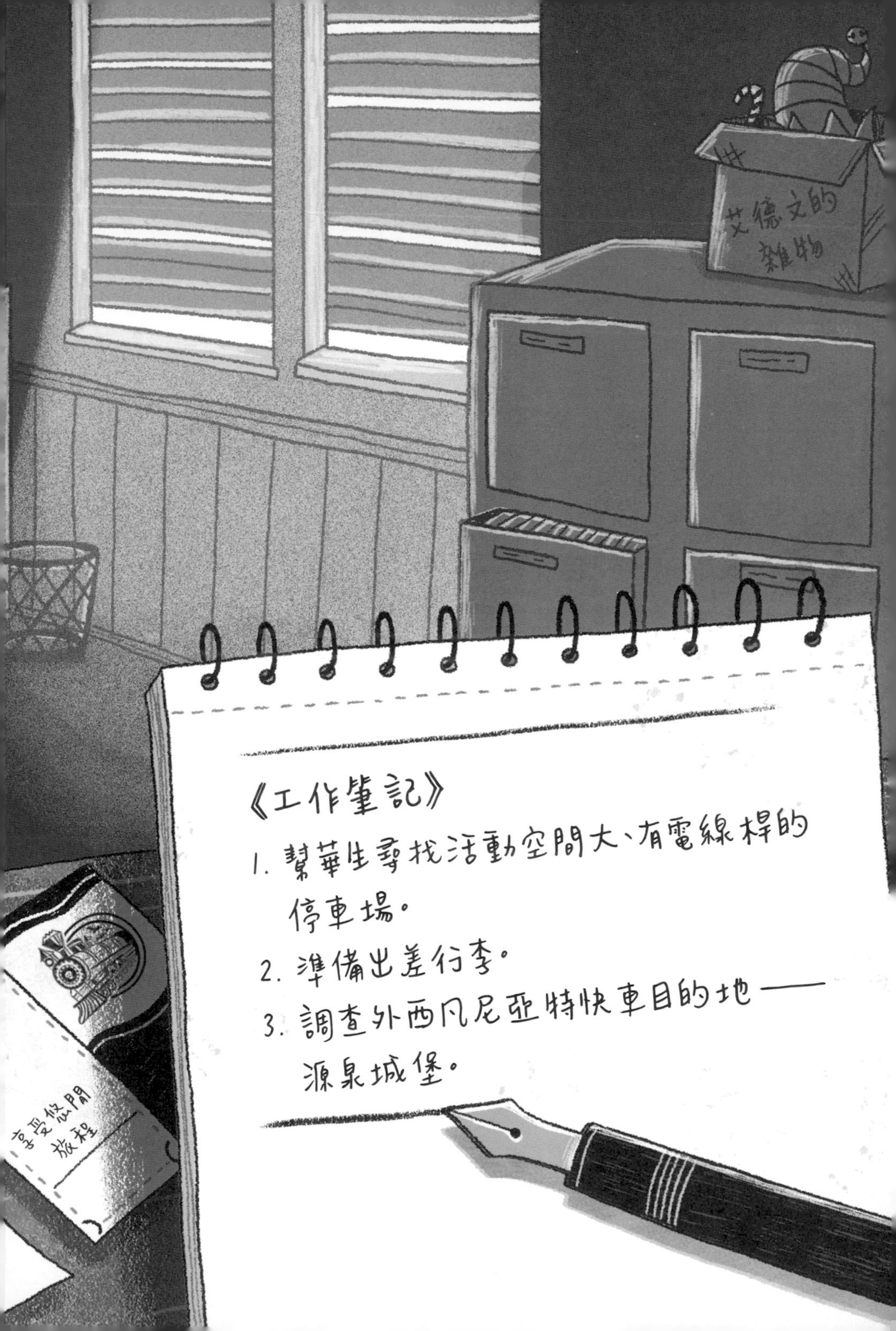
艾德文的雜物
《工作筆記》
1. 幫華生尋找活動空間大、有電線桿的停車場。
2. 準備出差行李。
3. 調查外西凡尼亞特快車目的地——源泉城堡。
享受悠閒旅程

世界最棒
精靈
助理
親愛的索斯塔先生和人類助手，您們好：
信封裡有兩張外西凡尼亞特快車的車票，
火車將於今晚六點十七分從避風鎮地下車站發
，請兩位搭乘此班車，並等候進一步指示。
一切費用已全額支付。
感激不盡的委

神祕的邀約

時間過了七天，你已經逐漸習慣不時搖晃的地板，以及火車奔馳在鐵軌上發出的規律撞擊聲。黃色濃煙不斷從火車頭噴湧而出，飄過臥鋪包廂的骯髒窗戶。你們搭乘的「外西凡尼亞特快車」越過連綿山丘，飛速駛向可怕吸血鬼「蝙蝠男爵」的家——源泉城堡。

你靠在包廂上鋪，呆呆望著車窗外凝結的水珠滾來滾去。在火車上橫豎無事可做，你正好有大把時間練習最近剛獲得的新技能——魔法！

打從你的身體被一百萬兆瓦茲的魔法能量穿透，你便感覺魔法在你體內無所不在。即使你此刻慵懶的躺著，也能感受到那股熟悉又溫熱的微微刺痛。你伸出一隻手指，動動指尖，用窗外的水珠拼寫出老闆的名字。

克劳斯

親愛的索斯塔先生和人類助手，您們好：

信封裡有兩張外西凡尼亞特快車的車票，火車將於今晚六點十七分從避風鎮地下車站發車，請兩位搭乘此班車，並等候進一步指示。旅途所需一切費用已全額支付。

感激不盡的委託人　敬上

「看來你的魔法技巧進步不少。」雪怪老闆躺在下鋪說：「我知道火娜拉一直在教你魔法，不過我還是建議你想清楚，究竟一個女巫的話能相信多少？」

克勞斯翻身下床，站起來伸了個懶腰，你匆忙閃躲，以免被他毛茸茸的手臂擊中。和一個魁梧的雪怪在小包廂內朝夕相處，可不是件容易的事。每當沒有案件讓克勞斯費神時，他總顯得惶惶不安。自火車啟程後，始終讓你和克勞斯百思不得其解的是——你們究竟為什麼要搭上這班車？

一切得從寄到雪怪偵探社辦公室的一封信說起。

克勞斯繼續抱怨：「我們已經在火車上耗了整個星期，那位神祕的委託人卻再也沒有半點音訊。更別提出任務的這段期間，我還得把華生停在付費停車場裡，牠最討厭像這樣被拘禁住了。」

你為克勞斯的汽車感到難過。出發前最後一次見到牠時，牠鳴響了幾聲喇叭，發動引擎在原地轉圈圈。華生原本是克勞斯飼養的忠心警犬，幾年前被女巫變成一輛車子，牠的經歷至今仍時時提醒你，在暗影區和雪怪偵探一起辦案有多麼危險。這份工作的確驚險萬分，克勞斯的前任助理掉進一個無底洞之後，從此下落不明，而你也時常在偵查過程中，碰上危及性命的突發狀況。

「我們到底為什麼要來這裡？」克勞斯忍不住碎念著：「這幾天我所見過最神祕的事，是昨晚那對女巫姐妹端上桌的尖叫冰淇淋。」

經營外燴生意的女巫姐妹火娜拉．米可鳥和布莉姬．米可鳥可不是這班火車上僅有的熟面孔。自從搭上這班特快車後，你就觀察到幾位同住在避風鎮暗影區的老朋友也一起上了車，跟著你們出發。

這時，一陣敲門聲響起。

克勞斯摸摸肚子，吞了吞口水說：「希望是客房服務，我早就餓壞了。請進！」

包廂門打開，一位留著絡腮鬍、雙頰像玫瑰般紅潤的矮小男地精站在你和克勞斯面前。這並非你們初次見面，他時常穿梭在車廂走道上，忙著應付所有乘客的各種要求，伴隨腰際一大串鑰匙叮噹作響，十分有存在感。他胸口上那個擦得光亮的名牌寫著「蠻牛．紅磚，外西凡尼亞特快車地精乘務員」。

蠻牛．紅磚

外西凡尼亞特快車　地精乘務員

地精神色慌張的抬頭望了你一眼，然後對克勞斯說：「索斯塔先生，大事不好了，我需要你的幫助！」

「啊哈！原來就是你！」克勞斯拍掌笑說。

「什麼叫做『原來就是我』？」地精一頭霧水。

「你寄信到我的偵探社，並付錢讓我們搭上這班火車。」

紅磚先生搖搖頭，「抱歉，我不曉得你在說什麼。是米可鳥女巫姐妹告訴我，你和你的夥伴是私家偵探。」

「事實上，這位是我的助手。」克勞斯糾正他。

當初報紙上的徵才廣告的確是徵求一名助理，只是雪怪對你的依賴程度，讓你覺得自己更像是他的夥伴。

「好吧！請問出了什麼問題？紅磚先生。」克勞斯有些失望，但仍保持專業的態度詢問道。

你抓起筆和筆記本準備記錄，地精走進包廂並拉上門，急切的說：「我想你應該知道，這班火車上有一位引人注目的乘客。」

「我注意到好幾位。昨晚用餐時，我碰見副市長珊德拉．瑞瑪洛。」

「其實，這件事和她老闆有關。」

「夜間市長弗蘭肯芬？」克勞斯說：「對了，我看到他和他兒子怪迪一起出現在列車上，還有那個怪物新娘……」

「惡煞梅塔。」紅磚先生接著說。

「弗蘭肯芬這回又做了什麼好事？」克勞斯嘆了一口氣後問道。

「他失蹤了。」

「乘客怎麼可能在行進中的火車上失蹤？」克勞斯問。

「就是不知道哇！外西凡尼亞特快車非常重視乘車安全，車門在火車行駛期間會自動關閉，除非靠站，否則絕對無法開啟。」紅磚先生回答。

「你的意思是，他一定還在火車上？」

「呃，很有可能。現在的狀況是，從我收到他失蹤的消息後，已經確認過每個包廂，都沒找到他。」

「他既不在火車上，又不可能被扔下去。這個案子聽起來很有趣。」克勞斯對你眨了眨眼。

「有趣？」紅磚先生焦急的大喊：「蝙蝠男爵正在等候本車所有乘客抵達，如果他發現有一位失蹤了，不知道會做出什麼事啊！」

「為什麼男爵會在意誰在列車上？」克勞斯不解的問。

「因為源泉城堡每年只開放一次，並由男爵親自從乘客名單裡，挑選出要接見的訪客。萬一弗蘭肯芬就是今年的幸運兒呢？男爵的脾氣可不太好，我們有許多受害者可以作證……拜託！請你務必幫忙。」

克勞斯摸摸下巴說道：「好吧！我們先釐清他是否還在火車上、誰可能和他有過節，以及他消失之前的確切行蹤。」

「最可疑的絕對是布蘭威爾．史托克，他在第五節車廂。」紅磚先生馬上提出自己的看法。

「史托克？」克勞斯沉思半晌，「下週避風鎮將舉行投票，選出新一任夜間市長，而他正是弗蘭肯芬的競爭對手。」

喀啦！包廂門突然打開，三隻小怪物搖搖晃晃的走進來。

「啊！抱歉，他們是清潔人員。」紅磚先生向你們解釋。

「原來鐵路公司已經雇用弗蘭肯芬的迷你怪物。」克勞斯皺眉看著到處走動的「家務怪寶」。

「這並非由我做主。」紅磚先生說：「是本列車的駕駛員『奧美先生』決定雇用他們，他顯然和弗蘭肯芬達成了某種交易。這些怪物雖然個頭嬌小，卻很勤勞，也不會抱怨，挺不錯的。」

「讓怪寶幫忙……讓怪寶幫忙……」他們一邊重複同一句話，一邊在包廂裡清空垃圾桶、擦拭桌面、更換毛巾和掃地。其中一隻家務怪寶突然從克勞斯腳下抽起地毯，害他摔了個四腳朝天。

「這些小東西可以去別的地方工作嗎？」克勞斯氣的大吼。

「你們晚點再過來。」紅磚先生悄聲吩咐那幾隻小怪物。

「讓怪寶幫忙……讓怪寶幫忙……」家務怪寶們乖巧的離開了。

克勞斯起身拍了拍身上的灰塵，「看來最近避風鎮有半數居民都在使用迷你怪物，或許他們可以回答我們的問題。」

「哈！你最好能從他們嘴裡套出有用的資訊啦！那些小怪物唯一會說的話就只有『讓怪寶幫忙』。」

突然，附近響起一陣令人毛骨悚然的嚎叫。接著，便聽見一連串咔噠咔噠的聲音，像是長了利爪的生物在車頂上奔跑。

「上面似乎也很熱鬧。請問乘客名單上有狼人嗎？」克勞斯問道。

「沒有。其實不用太意外，本列車的終點站是吸血鬼的城堡，你也知道，狼人和吸血鬼向來處得不好。」紅磚先生回答。

「那麼剛剛的嚎叫聲又是怎麼回事？」

「我們經過了狼人窩，狼人常常會追著火車跑。」

「從聲音傳出的位置聽來，他們似乎是在車頂上。」克勞斯挑眉說道。

「的確，我建議你們把窗戶關好。」紅磚先生一派輕鬆的說。

克勞斯拍拍你的肩膀，示意你打起精神，準備工作了。「我們必須先追查出弗蘭肯芬失蹤之前的行動。紅磚先生，你最後一次見到他是什麼時候？」

「早上八點半。當時市長和家人坐在餐車車廂裡用餐，看起來精神奕奕，後來我就去處理行李車廂超載的問題了。你知道的，我們遇到一些沒付錢的乘客——哥布林。」紅磚先生無奈的聳聳肩。

「你是什麼時候得知弗蘭肯芬失蹤的消息？」克勞斯問。

「惡煞梅塔十點半左右通報他失蹤了，他吃完早餐後自行離開餐車車廂，卻沒有回到家庭包廂。梅塔小姐不知道丈夫的下落，她既焦慮又悲傷，幾乎崩潰……」

紅磚先生轉向你，指了指自己的耳朵說：「就在我和她說話時，她的左耳直接在我眼前掉到地上。偷偷跟你們說，我懷疑弗蘭肯芬根本沒有用心製造她，只是隨便拼拼湊湊！」

克勞斯點點頭，抓起他的帽子準備出動。

「謝謝，幸好有你們在火車上。」紅磚先生如釋重負的說。

「的確。某人基於不明原因邀請我們搭乘這班車，也許早就料到會有事情發生。」克勞斯說。

「他請你們來破解一樁尚未發生的案件？聽起來有點奇怪吔！」紅磚先生一臉狐疑。

「破解謎團對我們是家常便飯。」克勞斯笑著說，同時輕推了你一下。「我們現在應該前往弗蘭肯芬最後現身的餐車車廂嗎？或是先去找他的怪物妻子談一談？」

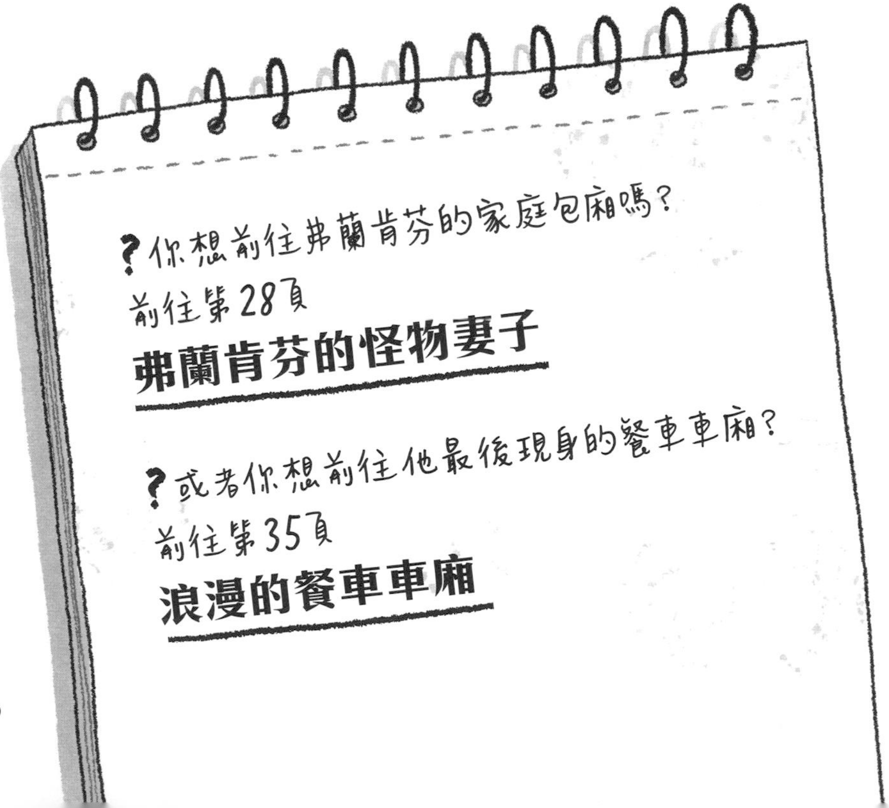

?你想前往弗蘭肯芬的家庭包廂嗎？
前往第28頁
弗蘭肯芬的怪物妻子
?或者你想前往他最後現身的餐車車廂？
前往第35頁
浪漫的餐車車廂

吸血鬼包廂

布蘭威爾．史托克的包廂位在列車最末端。你推門走進那節昏暗的車廂，發現這裡似乎比車上其他地方更冷，莫名寒意從你的背脊一路竄上腦門。

「末端車廂通常最清靜，換言之，也是藏匿事物的最佳地點。」克勞斯警覺的四處張望，皺眉說：「小心行事，我可不想和這些傢伙同處一室，更別說其中還可能有邪惡的未知生物。」

不論門後潛伏著什麼，想必他們早已聞到你身上散發的人血味。看不見的生物不停用爪子刨抓木板，你顫抖著快步通過走道。

「就是這裡。」

克勞斯站在一扇掛有「史托克」名牌的包廂門前，正要敲門時，你注意到對面的門上也掛著相同的名牌，於是趕緊拉住他，指著那扇門向他示意。

「嗯，我們兩邊都敲敲看吧！」克勞斯同時敲了兩扇門，沒多久，其中一扇門打開，出現一個臉色慘白的瘦弱男子。

「啊！是索斯塔先生和他看起來很美味的點心。」他對著你微笑，而你本能的往後退了一步。「有什麼我能幫忙的嗎？」

「首先請告訴我，另一扇掛著你名牌的門後有什麼？」克勞斯立刻切入正題。

史托克一派輕鬆的說：「唉！那不過是個意外。我預訂包廂時不小心弄錯，訂成了兩間，這裡只有我和我兒子鮑比。」

你注意到這間吸血鬼乘客專屬的包廂有嚴密的防曬設計。史托克身後有個雙層棺木，上層敞開的小棺材裡凌亂不堪，枕頭上堆著一大疊漫畫，下層的大棺材則緊閉著，棺蓋上放了一個花圈。你努力壓下心中的恐懼，不去想牆上怵目驚心的乾涸血漬是怎麼來的。

「我們可以看看對面的包廂嗎？」克勞斯問。

「抱歉，我沒有鑰匙，恐怕幫不上忙。我想它應該是空著的，我完全沒聽到裡面傳出任何動靜。」

克勞斯看了史托克的包廂一眼，問：「你剛剛提到你兒子鮑比，他在哪裡？」

「他和他的朋友怪迪一起去遊戲室浪費時間了。」

「你是說怪迪．弗蘭肯芬嗎？」

「很不幸的，就是他。」史托克回答。

「失蹤者恰好是你兒子好友的父親，也是

你最大的競選對手。你們兩個向來水火不容，把你列為弗蘭肯芬失蹤案的最大嫌疑犯並不為過。」

「噢！我可以理解你為什麼會這麼想。紅磚先生也提過弗蘭肯芬失蹤的消息，可是這件事完全與我無關。我猜八成是那個可笑的蠢蛋開錯門，結果跌下火車，真是可憐啊！」史托克幸災樂禍的大笑。

克勞斯一邊說，一邊努力往吸血鬼包廂內張望。「下屆選舉即將登場，也就是說，你有充分的犯案動機，如今還多了一個完美的犯罪地點。」

「索斯塔先生，我老實告訴你吧！如果我有心想除掉弗蘭肯芬，早在幾年前就把他當成晚餐吃了，根本不用等到現在才對他下手。」他的舌頭從尖牙旁竄出，舔了一下嘴唇。

「你在認罪嗎？」克勞斯在套他的話。

「不，我向你保證，我絕對是無辜的。我曾經是個陰險狡詐的小人，但現在已經改過自新！因此，我希望你能把寶貴的一票投給我。」

「我們不是來聽你發表政見的。」克勞斯直截了當的打斷他，「你今天什麼時候和弗蘭肯芬說過話？」

「九點鐘左右。他來到我的包廂，我們的對話變成不愉快的爭辯之後，他便氣呼呼的離開了。」

「爭辯？」克勞斯說：「你們在爭辯什麼？」

「他十分篤定偉大的吸血鬼始祖蝙蝠男爵，會選擇接見他，而不是身為吸血鬼的我。簡直太可笑了！」

「男爵不能同時接見你們兩個嗎？」克勞斯問。

「不，蝙蝠男爵每年只接見一名訪客，外西凡尼亞特快車每年也只行駛這麼一回。大部分登上這班車的乘客都希望自己有幸見上男爵一面，難道你們不是為此而來嗎？」

克勞斯說：「其實我們還不確定自己為什麼會搭上這輛列車。能請你多告訴我們一些拜見男爵的程序和細節嗎？」

「唉！現在才想努力，為時已晚。」史托克露出同情的眼神，「你必須在好幾個月前就填好申請表，等火車抵達城堡，他就會揭曉今年的幸運兒是哪一位。」

「其他沒有被選上的乘客不就白跑一趟了嗎？他為什麼不在火車出發前決定好要接見誰？」

「如果你是這個世界上最老又最有權勢的吸血鬼，當然可以隨心所欲的做任何事情。」

「你為什麼想見他？」克勞斯問。

「抱歉，這是個人隱私。」史托克說：「你或許會覺得我的回答很可疑，不過在你如此認定之前，可以先去問問車上的其他乘客，我相信沒有人會坦白說出自己求見男爵的原因。在我們的圈子裡，蝙蝠男爵不只地位崇高，而且法力強大。」

「你和弗蘭肯芬對談時，是否語帶威脅？」

史托克聳聳肩說：「當然啦！我們一直在挑釁對方，所以他最後才會氣沖沖的離開。」

「你知道他要去哪裡嗎？」

史托克伸出細長的手指，朝門外指著另一端的車廂。

「那邊有什麼？」克勞斯看著遠方問道。

「放行李的車廂。如果我是你，絕對不會到那裡去。紅磚先生曾抱怨，哥布林在裡頭鬧得不可開交，那些令人反感的傢伙，不折不扣的偷渡客！」

克勞斯一邊聽，一邊低頭檢視你做的筆記。他才不擔心哥布林，而你擔任他的助理好一段時間，清楚知道哥布林等於麻煩。

「有人能為你陳述的內容作證嗎？」克勞斯問。

「有，我兒子鮑比當時也在。弗蘭肯芬離開後，鮑比就去遊戲室找怪迪，我則飛出去找東西吃，直到剛剛才回來。」

「你離開過這輛列車？」

「沒錯，我相信其他乘客應該不希望和吸血鬼在餐車車廂裡一起用餐。」

你看到包廂角落有一個通風口，口徑小得無法讓一名人類通過，對於一隻蝙蝠來說卻綽綽有餘。

「如果你不介意，我希望在調查期間，你都能待在火車上。」克勞斯意有所指的看了看那個通風口。

「我暫時不會去任何地方了，剛剛豐盛的早餐讓我非常滿足。」他擦擦嘴脣，你不由得全身顫抖。他關上包廂門，你總算可以比較自在的呼吸了。

克勞斯對你說：「原來史托克可以輕易進出包廂不被發現，他可能會從外面飛到列車另一頭，最後還是得回到自己的包廂。不過，紅磚先生曾向我們保證，所有車門在火車行進期間都是鎖上的。」

雪怪忽然停下腳步，實際確認對面包廂的門是否從裡面鎖住了。

「紅磚先生應該有鑰匙可以打開這間包廂，但現在我們應該先去檢查行李車廂，或是到遊戲室聽聽鮑比．史托克怎麼說。」

你的想法是什麼？

?你想去調查行李車廂嗎？
前往第45頁
偷渡的假期
?或者你想前往遊戲室？
前往第75頁
幽靈撞球桌

弗蘭肯芬的怪物妻子

「我們曾調查過弗蘭肯芬。」克勞斯細數和夜間市長過招的歷程，「第一次交手是他雇用我們尋找遺失的怪物製造機，後來的時間海綿失竊案和避風鎮魔法消失案，都有他的身影。也許邀請我們搭乘這班火車的就是弗蘭肯芬，只是他如何預知自己會在火車上失蹤？」

克勞斯拉開通往頭等車廂的車門，華麗的絨毛地毯和明亮的燈光讓整個空間既柔和又溫暖，不像你們那節寒酸的車廂，燈泡總是忽明忽暗的閃個不停。克勞斯站在一間包廂前，你透過門上的小窗窺見火車外的景色，明明才剛過中午，天空濃密的雲層卻如暮色般陰暗。

「讓我們看看弗蘭肯芬的怪物妻子如何為自己辯解。」克勞斯說完，舉起手敲了敲門。

一陣短暫的安靜後，一個臉上有縫線、頂著紫色長捲髮的魁梧女人打開了門。她穿著用窗簾粗製濫造的洋裝，上面還留有掛環和流蘇。

「午安，惡煞梅塔小姐。」克勞斯禮貌的問候。

「哈囉！毛茸茸男人，和他的人類寵物。悲傷的微笑。你們，要進來嗎？我的罐子裡有一塊餅乾，也有茶。」她的語氣聽起來深沉、絕望，不知道是否因為臉太僵硬做不出表情，她才把自己的情緒摻雜在對話中一起表達。

「太好了，謝謝！」克勞斯從不拒絕食物。

她開門邀你們入內。市長的頭等包廂比你們的包廂大兩倍，你瞥見另一側的隔間裡有兩張床，弗蘭肯芬的兒子怪迪躺在兒童床上閉著雙眼，戴著一副大耳機聽音樂，絲毫沒注意到有客人來訪。

惡煞梅塔朝克勞斯搖了搖只剩一塊餅乾的罐子。「餅乾。」她剝下一小塊餅乾後又把它收進罐中。「還有茶。」她取出一個茶包，卻粗手粗腳的扯破了它，茶葉瞬間噴飛，有些碎屑落到怪迪的臉上，嚇得他摘下耳機彈了起來，吵鬧的搖滾音樂從耳機中傳出。

「嗨！怪迪，你還好嗎？」克勞斯說。

怪迪鬆了一口氣，回答：「嗨！索斯塔先生。其實我的腳踝有點鬆，膝蓋也需要調緊，通常這個工作是我爸負責的。」

「是的。皺眉。」惡煞梅塔插嘴道：「我們兩個，很擔心他。」

「是喔！我們還真是非——常擔心啊！」怪迪反諷。

「怪迪，你不關心你爸爸的失蹤嗎？」克勞斯問。

「我爸會沒事的，他總愛引起大家的關注。」怪物男孩用一向淡然卻讓人心疼的口吻說：「如果最後證實這次的失蹤案是為了搏取大眾同情所設計的騙局，我也不意外，畢竟他只關心選舉。」

「有趣的推論。」克勞斯摸摸下巴，將手中的毛髮捻成尖尖的翹鬍子。「正巧布蘭威爾．史托克也在列車上，也許弗蘭肯芬是想嫁禍給自己的政敵。」

「我丈夫絕對不會，這麼惡毒。急切的表情。」惡煞梅塔說。

「你根本就不了解我爸。」怪迪忍不住頂嘴。

「你爸爸是個好人，他給我兩顆心，所以我可以用一顆心來愛他，一顆心來愛你。」惡煞梅塔難得一口氣說出完整的句子。她把雙手交疊在胸前，你從她胸口的鼓動，看出她體內確實有兩顆怦怦跳的心臟。

「他之所以給你兩顆心，是因為要幫你負荷那巨大如山的身體。」怪迪毫不留情的戳破現實。

惡煞梅塔對著怪迪搖了搖手指，說道：「我是你媽媽，你應該，更尊重我。嚴肅的臉。」

怪迪的情緒突然爆發，大吼：「我說過很多次，你根本不是我媽媽！你甚至也不是我爸的妻子！」

「我認為，我是。」惡煞梅塔認真的反駁。

「一般來說，人們結婚會說『我願意』，然後拋出捧花。我爸只是用一堆零件把你拼湊出來，因為他覺得成功的政治家，背後應該要有個忠貞的妻子。」怪迪冷酷的說。

「你，太傷人。悲傷的臉，眼眶含淚。」惡煞梅塔說。

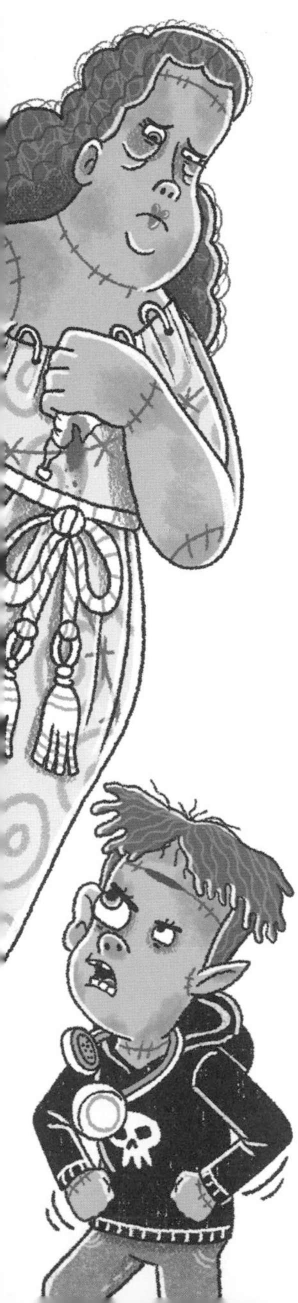

「我說的全是實話。他總是為了自己的利益製造怪物，那些『家務怪寶』最可憐，被當成贈品到處發送，只因為我爸希望大家把票投給他。」怪迪一口氣抒發心中的不滿。

「他當初為什麼要把你製造出來？」克勞斯問。

「我……」怪迪似乎被問倒了，「我不知道，有時候我真希望他沒有費心讓我出現在這個世界。」

克勞斯默默心疼這小男孩的同時，不忘追問：「你最後一次見到你爸爸是什麼時候？」

「吃早餐的時候。」惡煞梅塔和怪迪異口同聲的回答。這兩個怪物也許沒有血緣關係，彼此的相似程度卻可能遠超過自己的想像。

「你們三個是一起離開餐車車廂嗎？」克勞斯又問。

「不，我爸最先離開，他說他得去找布蘭威爾．史托克先生。我請他順便從行李車廂拿回我的幽靈撞球桿，看來他又失信了。我還沒有去遊戲室檢查球桿到底在不在……應該不在吧！我爸說話不算話已經不是新聞了。」

「所以，我和怪迪，先回包廂。」惡煞梅塔插話，交代他們之後的行蹤。

「是『怪迪』和『我』。」怪迪在一頓搶白後沮喪的嘆氣。

「是的，我們，所有人……除了我丈夫。」惡煞梅塔說。

克勞斯點點頭，「我明白了。你們聽過他提起其他計畫嗎？」

「不知道。他沒空，告訴我每件事。他，大忙人，重要人士。驕傲的笑容。」

「他也非常邪惡。」怪迪毫不客氣的指責爸爸，「他甚至沒說為什麼要帶我們一起出這趟遠門。」

「這是什麼意思？」克勞斯問。

「現在又不是假日，他得幫我向學校請假才能外出旅行。蝙蝠男爵又是那麼有名的大人物，我猜我爸一定是在盤算些什麼。」

「你這樣，說你爸爸，傷透了我的，兩顆心。」惡煞梅塔站起身，對你們說：「毛茸茸男人，和無毛的朋友，你們該離開了。」

你們默默跟在她身後，一踏出包廂，她立刻將門關上。

「在失蹤案中，即便是最親近的家人也不排除有涉案的可能。」克勞斯說：「怪迪和他爸爸的關係一直很緊繃，然而親子關係緊張的不只有他們。接下來，我們應該去見布蘭威爾·史托克嗎？」

你看了一眼筆記本，思索著目前蒐集到的線索。克勞斯可能是對的，只是調查被哥布林洗劫過的行李車廂或許更重要。

？你要造訪布蘭威爾·史托克的包廂嗎？

前往第20頁

吸血鬼包廂

？或者你想去行李車廂看看？

前往第45頁

偷渡的假期

浪漫的餐車車廂

外西凡尼亞特快車除了有餐車車廂外，還有一個精緻的酒吧。你還沒找到造訪酒吧的好理由，倒是對每天必去的餐車車廂很熟悉。早上用餐時段，這裡就像戰場一樣混亂，直到午後才會比較安靜。你們走進餐車車廂，唯一的顧客是一對精靈，他們的桌上擺著精美的茶壺、茶杯和蛋糕架。

奈傑爾．瑞瑪洛和珊德拉．瑞瑪洛面對面坐著，雙手交握，深情凝望。

「呃……我們在之前的案件中遇到這兩位時，他們相處得並不好。」克勞斯低聲說：「看來現在和好了。」

奈傑爾傾身向前，把妻子的一縷頭髮往後撥，並輕輕撫摸她的耳朵。

「唉呀……會癢啦！」她咯咯笑著。

「希望我沒有打擾到你們。」克勞斯不得已出聲打斷這對愛侶。

「噢！索斯塔。真是個美好的下午，你說是嗎？」奈傑爾連頭都沒抬，繼續專注的望著妻子。

克勞斯看了一眼窗外，只見天空烏雲密布。「倒也不是。」他老實回答。

「即便外面狂風暴雨也無妨，只要我能看著心愛之人，心中就充滿陽光。」奈傑爾深情款款的告白。

珊德拉害羞得臉紅了，「你這個傻呼呼的老精靈。」

「結婚三十年，至今我們仍像初識那天一樣相愛。」奈傑爾依舊情話綿綿。

「她仍是你的女王，對嗎？」克勞斯忍不住調侃。

奈傑爾聽出克勞斯是在取笑他曾妄想自立為精靈王，不禁雙頰泛紅。

「呃，是的，這個嘛……我已經完全放棄那件事了。我現在只願意為親愛的付出自己的一切。」

「很高興聽你這麼說。」克勞斯說。

「索斯塔，你並不是偶然路過，或單純出於禮貌

來問候吧？」精明的珊德拉察覺到不對勁。

克勞斯開門見山的問：「夜間市長弗蘭肯芬失蹤了，他最後一次現身是今早用餐時，請問你們有見到他嗎？」

「有，吃完早餐後，他和我有簡短的交談。」珊德拉給自己倒了杯茶，「當時他剛從布蘭威爾．史托克的車廂過來，似乎很心煩意亂。史托克才是你該審問的對象，那個老吸血鬼可是全車最痛恨弗蘭肯芬的生物。我知道他預訂了兩個包廂，最後卻和兒子共用一間。他是否在另一間藏了什麼祕密呢？」

你一一記下這些細節，克勞斯則繼續提問：「當時是幾點幾分？」

「我們大約九點吃完早餐，所以談話的時間一定超過九點半。」

「你說他當時心煩意亂？」克勞斯說。

「我猜他和布蘭威爾吵了一架，至於他們吵了什麼，我沒有過問。我丈夫和我是來這裡度假的，我答應過要把工作拋在腦後。」

「我太太為避風鎮暗影區的居民付出太多時間了。」奈傑爾說：「我們安排這趟旅程，就是為了遠離那些瑣事，是不是啊？親愛的。」

「當然也想看看傳說中的源泉城堡，我的愛。」珊德拉深情的輕拍丈夫的手，「我一直都想造訪一趟，但去年……呃，不太順遂。」

「沒關係，往事就讓它過去吧！」奈傑爾說：「只要我們對彼此的愛始終如一就行了。」

「你這個迷人的老東西。」珊德拉害羞的回應奈傑爾。

克勞斯有點受不了這對瘋狂曬恩愛的夫妻，趕緊追問：「你們最後見到弗蘭肯芬是早上九點半之後，過了一小時，他就被通報失蹤。他有沒有留下任何線索，暗示之後要去哪裡？」

珊德拉想了想，說：「我看到他手裡拿著一支幽靈撞球桿。」

奈傑爾補充：「遊戲室裡就有一張幽靈撞球桌。說到遊戲，我們該回去完成剛才的拼字遊戲了。」

珊德拉輕笑，「好主意。下一步換我，我已經想到一個超棒的字，你絕對猜不到。祝你好運嘍！索斯塔。」

這對仍在熱戀中的精靈夫妻手牽手，雀躍的離開了餐車車廂。這時，車廂另一端的門被推開，你們看到一個戴著廚師帽、手臂披著毛巾的大怪物，笨手笨腳的從廚房裡走出來。

「包特茲清——清桌子。」

「哈囉！包特茲。那對女巫姐妹似乎讓你一直很忙碌。」克勞斯語帶同情的對怪物說。

「是的。包特茲，忙碌。」大怪物蹣跚的走向桌子，在他抵達桌邊前，三隻小怪物從廚房裡跑了出來。

「讓怪寶幫忙……」他們從包特茲的雙腿間溜過，搶著衝向桌子，俐落的爬上桌收拾餐具，以驚人的默契清理桌面。

牆上的出餐口猛然打開，廚房的一切在你們眼前展露無遺，女巫姐妹火娜拉・米可鳥和布莉姬・米可鳥站在裡面，身上穿著印有外西凡尼亞特快車圖案的圍裙制服。

「看來你們已經見過傑夫們了。」布莉姬說。

「為什麼你堅持要把他們全部都叫做傑夫？」火娜拉覺得莫名其妙。

「有何不可？」任性的妹妹回嘴：「你不覺得他們很棒嗎？天生工作勤奮，一點也不像某怪物。」她瞪著包特茲。

「包特茲工作勤奮。」紫髮怪物難過的回嘴。

「早餐時間結束後，你就應該過來打掃了，卻不知道溜去哪裡鬼混。你怎麼解釋？」布莉姬不高興的質問。

「我在休──休息。」包特茲說。

「好，現在總不是休息時間了吧？快去找一對新的這個。」布莉姬．米可鳥憤怒的舉起燒焦的隔熱手套，大吼：「你瞧瞧！它們都變黑了！你到底用來做什麼？難不成替噴火龍擤鼻涕？簡直氣死我！」

「對——對不起。」

包特茲笨拙的走回廚房。你為這個註定永遠被奴役的可憐生物感到難過，被製造出來的怪物通常無法享有和暗影區其他居民一樣的權利，尤其這些粗製濫造的怪物更是命運多舛。

火娜拉嘆了一口氣，「唉！我想我們傷了他的心。」

「別管他傷不傷心了。」布莉姬不耐煩的說：「我比較擔心他每晚彈奏的鋼琴曲，難聽到傷了我的耳朵……更別提他那毫無抑揚頓挫的歌聲，根本沒有任何高低音變化！」

「就是啊！像他這麼遲鈍的怪物，哪裡聽得懂尖酸刻薄，對吧？」火娜拉釋懷的大笑。

等兩位女巫發完牢騷，克勞斯趕緊插話：「我們正在找弗蘭肯芬。」

「啊！那個地精去找你了。弗蘭肯芬今天早上從這裡氣沖沖的跑出去，餐點連碰都沒碰，枉費我們特別為他煎了一顆火鳥荷包蛋！在那之後，我們就沒有見到他了。」布莉姬說。

「我要怎麼確定你們和這件失蹤案沒有關係？」克勞斯說：「我知道你們兩個

都很討厭他。」

布莉姬訕笑，「所有生物都討厭弗蘭肯芬，他就是因為不受歡迎，才會找不到正常的老婆。」

火娜拉對你們抱怨：「別管弗蘭肯芬了。你們應該先幫我們找回那些不斷從食物儲藏室裡消失的東西。」

「什麼東西不見了？」突如其來的新事件讓克勞斯瞬間精神百倍。

「當然是食物啊！」布莉姬說。

火娜拉補充道：「還有，我的沉睡魔法藥水居然在幾天前被偷走了！我得靠那瓶魔藥才能入睡，都怪你的打呼聲實在太大聲了，我簡直就像睡在恐龍旁邊。」她轉身注視著你說：「我相信你一定可以感同身受，畢竟你和這個會動的絨毛地毯共處一室。」

你忍不住笑了出來。

雖然不想冒犯老闆，但火娜拉說的的確是事實。自從接到這個神祕的邀約後，你們已經在外西凡尼亞特快車上朝夕相處整整七天，每晚你總會被克勞斯如雷貫耳的鼾聲吵醒。

這時火娜拉傾身，在你耳邊低聲說道：「你的魔法將幫助你破解這個案子，只是必須先找到專屬於你的魔法傳導棒，它可能是根長棍，也可能是枝短棒，重點是有它才能讓你啟動魔法，發揮真正的潛能。」

你隱約感受到自己骨子裡那股蠢蠢欲動的神祕能量，連忙握緊手中的筆，低頭看筆記本，努力思索接下來該怎麼做。

？你應該前往遊戲室嗎？

前往第75頁

幽靈撞球桌

？或者你想去找布蘭威爾．史托克談談？

前往第20頁

吸血鬼包廂

偷渡的假期

火車順著蜿蜒鐵軌，一路嘎嘎作響的爬行在山巒間。窗外厚重的雲層彷彿被劃開一道裂縫，一束黃色的車頭燈照射在宏偉的源泉城堡上。你看到那座陰森的尖塔後方，似乎有一個奇怪的陰影正在晃動，令人不安。

行李車廂

你們來到火車最末端的車廂，克勞斯指著門上的「行李車廂」名牌向你解釋：「如果乘客攜帶了大到放不進包廂的行李，就只能先寄放在這裡。」

一打開門，你就看到堆積如山的行李箱和各式各樣的包裹被胡亂堆在架上。有些箱子甚至開了氣孔，你不禁納悶裡面到底放了什麼。不僅如此，最驚悚的莫過於看到車廂裡擠滿了上百個正在嬉鬧、打嗝、爭吵的小哥布林。他們把軟殼行李箱當成彈跳床玩，還用行李箱吊牌來磨牙。沒上鎖的箱子則被打開，裡頭的衣物全都成了這些小哥布林玩變裝秀的道具。

在車廂的正中央有一只敞開的大皮箱，只見小哥布林的祖母扁扁阿嬤安安穩穩的坐在上面，專心的啃咬著一雙條紋

長襪。

「哈囉！你們兩個。」她含糊不清的向你們打招呼。

「看來你們很享受搭霸王車呢！」克勞斯環顧四周，忍不住挖苦道。

「沒錯，我們正在盡情享受。」她理直氣壯的回答：「我帶著孫子們出來好好放鬆一下。你知道我們哥布林是怎麼說的嗎？『世界上最棒的度假方式就是偷渡』。」

「我很意外你們竟然沒有被乘務員丟下車。」克勞斯皺眉看著眼前的哥布林地獄。

「哈！那個自大的地精休想趕走我們，破壞美好的假期！更何況，不論我們是否在車上，火車都會朝目的地駛去，既然如此又何必買票呢？」

克勞斯轉頭對你說：「是不是覺得這一切似曾相識呢？弗蘭肯芬父子、史托克父子，還有這堆哥布林。自從弗蘭肯芬雇用我們尋找怪物製造機的下落之後，我們就一直在這些嫌疑犯之間打轉。」

扁扁阿嬤一聽到關鍵字，立即氣憤的插嘴：「哼！什麼怪物製造機。真希望當初我的寶貝孫兒拿到它時，就把它砸碎，至少就不會有討厭的迷你怪物氾濫成災了。你知道嗎？他們幾

乎搶走所有的工作機會，就連原本專屬於我們哥布林的爛工作都不放過，害我們現在不管什麼差事都得做！更別提那些小垃圾是免費提供服務，我們誠實又工作勤奮的哥布林怎麼可能搶得贏家務怪寶？」

「下次我遇到那些小怪物，一定幫你轉達。」克勞斯忍不住竊笑。

你一邊做筆記，一邊觀察現場狀況，恰好看到葛恩多・扁扁和姐姐葛諾菈・扁扁用一條大內褲在玩拔河。

「你一定很氣弗蘭肯芬製造出家務怪寶吧？」克勞斯開始誘導扁扁阿嬤說出和失蹤案有關的資訊。

「我一直都不喜歡他。」

「你最後一次見到他是什麼時候？」

「今天早上九點十五分左右。」

「他為什麼跑來行李車廂？他在這裡寄放了什麼嗎？」克勞斯問。

「他來拿他兒子的幽靈撞球桿。」扁扁阿嬤不耐煩的回答。

「當時只有他一個人嗎？」

「當然不是，我們全都在這裡啊！」扁扁阿嬤仰頭大笑。

「你明明知道我在問什麼。」克勞斯對扁扁阿嬤的無厘頭回話非常不悅。

「拜託，我可不負責看管付費乘客的行蹤，你聽懂了嗎？」

「正確來說，你也不負責看管這些行李。」克勞斯順著她的話回擊。

「這個嘛……當然，我只負責照顧這群小傢伙。」她吞下其中一隻條紋襪，再把另一隻拋給剛好走過身邊的孫子，那個小哥布林一口就把襪子吞了。

這時窗外又傳來一陣可怕的嚎叫，你下意識捏緊手中的筆記本。

「他們好像越來越靠近了。」克勞斯低聲說。

「什麼？那些狼人？」扁扁阿嬤蹣跚的走到車廂另一端，一屁股坐在一個被戳了多個氣孔的箱子上，交疊起雙腿說：「狼人窩那群傢伙也許會製造流血衝突，不過只要我們抵達失魂落魄村，就可以擺脫他們，畢竟沒有一隻狼敢靠近源泉城堡。你很清楚吸血鬼和狼人之間的恩怨情仇，他們痛恨彼此的程度，遠超過哥布林痛恨……呃，痛恨其他所有生物啦！」她哈哈大笑。

「你們是這個車廂內唯一的生物嗎？」

扁扁阿嬤說：「不，這裡有各式各樣的生物，還有奇怪的襪子。」她吞下隨手拿起的一雙長襪，大聲的打了一個嗝。「嘔！這雙襪子被洗乾淨了，好噁心！」

你趁他們談話時，仔細勘查車廂，發現有幾個箱子大到可以躲進一個成人。除此之外，還有一具裝飾華美、刻滿奇怪圖文的巨大石棺，看來也是個完美的藏匿之處。你試著打開棺木，它卻紋風不動。

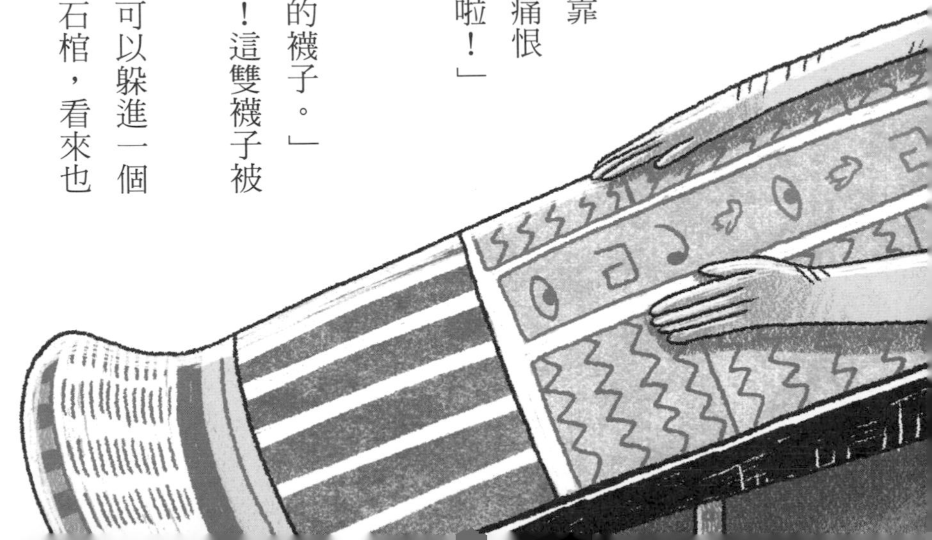

扁扁阿嬤注意到你的動作，走過來說：「那是法老拉美帝帝的石棺。放棄吧！我早已試過許多次，它被鎖得死死的。」

「他是一具木乃伊嗎？」克勞斯問。

「『曾經』是木乃伊。」扁扁阿嬤糾正他，「法老拉美帝帝是和蛇髮女妖陶德惠索館長一起上車的。他老是跑來這裡檢查石棺，每次都對他的寶貝棺木和裡面的不知名行李發表長篇大論。他堅持我們應該要被『請』出去，顯然他也不太信任哥布林。」

「我完全理解他的憂心。」克勞斯認真的點頭。

扁扁阿嬤本來想假裝生氣，自己卻忍不住大笑出聲。「是的！完全沒錯。在我們哥布林的觀念中，信任就像打掃礦坑中的粉塵，能拖就拖，能閃就閃，留給其他人去做當然更理想！」

所有的小哥布林聽到後全都捧腹大笑，就連克勞斯也忍俊不禁，唯獨你的腦海中浮現許多關於信任的問題。自從你和克勞斯一起工作，他不斷告訴你人人都藏有祕密。從過去的辦案經驗來看，即便是克勞斯也不免對你有所隱瞞。當然你自己也有不想讓人知道的事情。

「如果弗蘭肯芬拿了幽靈撞球桿，接下來可能會去遊戲室。」克勞斯的話打斷了你的思緒。

「不，他說他要去引擎室。」扁扁阿嬤說。

「引擎室？他有說原因嗎？」克勞斯追問。

「我沒問。」她乾脆的搖了搖頭。

「謝謝！這個消息對我們很有幫助。」克勞斯非常訝異居然可以從扁扁阿嬤口中得到寶貴的線索。

「不客氣。哥布林和『幫助』這個詞，就像果醬和腳趾甲一樣相配。」扁扁阿嬤打開另一個行李箱，撈起裡頭的牙膏咬掉尾端，再把整條牙膏擠進箱子，然後滿意的將它蓋上。

謝天謝地，你們沒有任何行李寄放在這裡。你跟著克勞斯走出位於火車末端的行李車廂，接下來只能往車頭的方向移動。聽完這些情報後，你的下一個目的地是哪裡呢？

？也許先去遊戲室逛逛？
前往第75頁
幽靈撞球桌

？或者直接到引擎室調查弗蘭肯芬去那裡做什麼？
前往第64頁
生鮮有力的燃料

？或者應該去拜訪法老拉美帝帝？
前往第55頁
法老拉美帝帝

法老拉美帝帝

你們朝火車前端走去，在某節車廂看到兩個相鄰的包廂，門上分別寫著「陶德惠索館長」和「法老拉美帝帝」。法老的包廂門上掛著「請整理」的牌子，另一個包廂則傳出陣陣笑聲。

克勞斯站在包廂外，敲門前不忘叮嚀道：「你還記得嗎？之前我們在調查時間海綿竊案時，曾經見過這位蛇髮女妖。雖然她的外表像是位和藹可親的老太太，不過她頭上的那窩毒蛇可是能夠讓我們瞬間石化，待會問話或蒐證時，小心別讓她太激動。」

他輕輕敲了敲門。過了一會兒，門打開了。陶德惠索館長拿著棒針和織到一半的圍巾出現在你們面前。

「哈囉！」她透過厚厚的眼鏡打量你和克勞斯，「你們是廚房服務生嗎？毒蛇零食有沒有帶過來呀？」

「抱歉，我們是來調查夜間市長弗蘭肯芬失蹤案。」

「喔！那個可憐的傢伙。要是我知道他會搭上這班車，買票時就會多考慮一下了。你們有聽說他打算把我的博物館改建成購物中心嗎？今天早上他過來找我，開了一個條件想逼我就範，我當然把他趕走了。」

「明白。我們可以請教你幾個問題嗎？」

「應該可以，法老拉美帝帝和我正在喝茶。」

你們跟著她走進包廂，看見桌邊有一個異常乾癟的男人啜飲著熱紅茶。他身穿繡金線的華麗長袍，頭戴刻滿象形文字的冠冕，一雙空洞的雙眼看向克勞斯。

「看看是哪位貴客大駕光臨？」男人用一種冷靜優雅的語調說：「原來是一位典型的雪怪。」

「我其實算是比較罕見的都市雪怪。」克勞斯開玩笑的說。

法老拉美帝帝微微一笑，然後把注意力轉向你。「嗯，我已經很久沒有見到人類了，這班列車上似乎只有你一位。」

你禮貌的朝他點頭致意，藉機觀察他蠟黃的皮膚，上面全是裹屍布纏繞的痕跡，他身為木乃伊的過去不言而喻。

「我們正在追查夜間市長弗蘭肯芬的下落。請問兩位為什麼會搭乘這班列車呢？」

法老拉美帝帝嚴肅的表示：「我們正在進行一場極

具教育意義的校外教學！這班外西凡尼亞特快車每年僅發車一次，我認為這對我的學生『喬琳・陶德惠索』會是相當重要的一課。」

克勞斯提出你一直以來的疑問，「避風鎮上就有很多吸血鬼，蝙蝠男爵有什麼特別之處？」

「蝙蝠男爵可不是什麼隨便的一個吸血鬼老頭！」一提到蝙蝠男爵，法老凹陷的眼眶立刻露出崇拜偶像的光采。「他是全世界第一位感染吸血鬼病毒的人，是所有吸血鬼的始祖！你知道他曾在一夜之間消滅了整個村莊嗎？我們會在那個村子短暫停留，儘管那裡最近變成熱門的觀光景點，它精采的歷史背景依然非常值得深入研究。」

「原來如此。」克勞斯望了你一眼，確認你是否都記錄下來。「那麼你呢？陶德惠索館長。」

「我陪孫女喬琳來參加校外教學。」她回答的十分簡短。

你環顧四周，試圖找出包廂中的第三位乘客，最後被地上一道長長的刮痕吸引了目光。這道刮痕一直延續至一扇門後，門上的牌子寫著斗大的警告「內有叛逆少女，請勿靠近」。

「她應該很感謝你幫她向全世界這麼宣傳。」克勞斯挖苦道。

「希望如此。」你從未看過陶德惠索館長的表情如此愁苦，「她今年剛滿十三歲，頭上的蛇正是年輕氣盛的時候，對我們蛇髮女妖來說是個難熬的年紀。」

「這是你此趟旅行的唯一理由？」克勞斯問。

陶德惠索館長回答：「不完全是，我的博物館即將舉辦吸血鬼特展，我想再多蒐集幾樣有意義的展品，剛好法老他是這方面的專家，給了我很大的幫助。」

「你們兩個是老朋友嘍？」

「對。我們認識很久了，他的石棺放在我的博物館裡已經好幾個世紀。」

「我和我的石棺形影不離，這次當然也帶上了火車。」法老拉美帝帝補充：「說到這裡，我得感謝陶德惠索館長，沒有她，我就無法重新接回我這顆了不起的腦袋。」

話音剛落，他便從桌子底下，拿出一個玻璃罐，裡頭漂浮著一顆大腦，上面還有一根管子連到他身體。「你們不覺得它很美嗎？」

「我覺得它還是放在頭殼裡比較好……它的確是挺奇妙的。」克勞斯似乎對大腦敬謝不敏。

「現在聽來或許很野蠻，但是在古埃及時代，製作木乃伊的防腐師要做的第一件事，就是先挖出我們的大腦。」法老再次看著罐子說：「我很感謝陶德惠索館長，是她讓我美妙的腦袋再次回到我身邊。」

他彎下腰，莊重的向館長行了個禮。

「不過妙的是，」克勞斯忍不住提醒法老，「我記得古埃及人不會保留木乃伊的大腦。」

「這個嘛……幸好我們的法老是重要人物，所以當年特別為他打破慣例。」陶德惠索館長似乎有點不悅，「你到底還想問我們什麼問題？」

「我們感興趣的是，誰會因為弗蘭肯芬的失蹤而獲得好處。眾所皆知，你為了捍衛博物館，一直都和弗蘭肯芬互不相讓，這似乎是一個很好的犯案動機。」

「我的確從不掩飾對那個傢伙的厭惡。」陶德惠索館長坦白的說。

「目前為止，你是他失蹤前最後一個談話對象。」

「目前為止，」她板著臉重複克勞斯的話，「你該問話的對象不是我，而是這班列車的駕駛員奧美先生。弗蘭肯芬離開我們的包廂後，前往了引擎室。」

「你知道他為什麼要去那裡嗎？」

「我沒有多問，他可能想和鐵路公司進行什麼見不得人的交易，你也知道他總是暗懷鬼胎。好了！如果你已經問完……」一條蛇從她的帽子底下探出頭來，瞪著你們嘶嘶叫。你瞬間感覺血液凝結，脖子也有些僵硬。

這時，車廂內傳來一段廣播。

「各位乘客您好，我是本車的駕駛員奧美。列車即將停靠失……」一隻鳥的叫聲打斷了奧美先生，「噓！安靜，佛斯蒂娜。抱歉……我們即將抵達失魂落魄村。」

「啊哈！」法老興奮的拍手叫好，「我們快準備下車吧！我大力推薦村裡的觀景臺，天氣好的時候，那裡是遠眺源泉城堡的最佳地點。」

克勞斯轉向你說：「我們也要做好準備，注意誰在這裡下車。如果弗蘭肯芬還在火車上，綁匪可能會利用這個唯一的停靠機會轉移他。」

他說得很有道理，不過你尚未想通弗蘭肯芬當時為什麼要找奧美先生。

廣播現在切換成紅磚先生的聲音，「各位乘客請注意，由於本車行駛的速度稍慢，導致行程有所延誤，我們在失魂落魄村的停留時間將縮短為三十分鐘。」

時間十分緊迫，現在你想怎麼做？

?你想查看有誰離開了這班列車嗎？

前往第83頁

失魂落魄村

?或者你認為應該先去引擎室拜訪奧美先生？

前往第64頁

生鮮有力的燃料

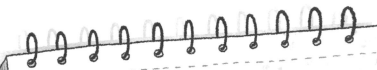

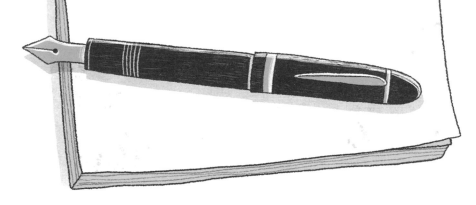

生鮮有力的燃料

從你在避風鎮地下車站搭上這班列車，就對車頭煙囪冒出的黃色滾滾濃煙好奇不已，這絕不是一般燒炭會產生的。雖然偶爾可以從廣播中聽到奧美先生的聲音，但你們從未見到他。你沿著走道前進，一群弗蘭肯芬製造的迷你怪物迎面而來，手裡還拿著海綿、抹布、馬桶刷等打掃工具。

「讓怪寶幫忙……讓怪寶幫忙……幫忙……」他們經過你身邊時，嘴裡不停重複著那句話。

「嘿！看路好嗎？」克勞斯依舊不喜歡滿地跑的迷你怪物。他盡量不要踩到他們，卻被一隻家務怪寶的拖把絆倒。

「讓怪寶幫忙……幫忙……」他們對一切彷若未聞，迅速消失在走道盡頭。

「這些東西快要把我逼瘋了。」克勞斯惱怒的抱怨。

轟轟作響的引擎聲隨著你們越靠近引擎室而逐漸變大，窗外飄過的煙霧從淺黃色轉為濃重的土黃色，空氣中瀰漫著一股混雜了燒焦吐司、腐爛莓果和腳臭的刺鼻異味。

這裡的內裝比乘客車廂還骯髒陳舊，牆壁上沒有張貼任何異國風情的海報或壁紙，車窗玻璃上沾染了薄薄一層黑灰的炭渣。當你們抵達車廂盡頭時，你看到紅磚先生站在引擎室外，試圖打開其中一扇對外車門。

克勞斯用手指抵住嘴唇，示意你別出聲。你們靜靜觀察地精乘務員使勁搖晃門把，確認門已牢牢鎖上，然後滿意的移往下一扇門。他同樣轉動門把，門卻突然打開，狂風瞬間灌進走道，嚇得他驚呼一聲，趕緊用力將門關上。等他鎖好門，這才發現你和克勞斯在一旁觀察他。

「啊！你們好。我只是在執行每天例行的標準安全程序，確認車上全部的門都關好了。」

「因為它們只有在火車停靠時才能打開？」克勞斯問。

「沒錯。」

「看來不是每一扇車門都符合安全規定嘛！」克勞斯指了指剛才那道門。

「呃，它的確沒被鎖好，不過弗蘭肯芬很少到火車這一頭。應該說，我們是禁止乘客進到這裡來的。」

「根據其他乘客的證詞，我們知道他今天早上打算來引擎室。」克勞斯說：「只是尚未查明他是否真的來過這裡。」

「無論如何，你們可能要加快腳步了！火車很快就會抵達失魂落魄村，稍作停留後將繼續開往源泉城堡。蝙蝠男爵是出了名的暴躁，如果車上的乘客沒有全員到齊，他可能會要我們所有生物負責，到時大家都逃不過吸血鬼的尖牙。」紅磚先生焦急的說。

「說到吸血鬼，我們打聽到布蘭威爾·史托克預訂了兩個包廂。」

「是的，他原本預約了兩間，後來因為太晚取消，我們來不及再次銷售座位，所以其中一間現在是空的。」

「你檢查過了嗎？」克勞斯鍥而不捨的追問。

「我想是的……對！我很確定我檢查過了！」紅磚先生漲紅著臉說：「我已經確認過列車上的每個包廂，都沒有看到……」

話說到一半，引擎室的門打開了，一群家務怪寶列隊走來，嘴裡仍說著：「讓怪寶幫忙……讓怪寶幫忙……」

克勞斯機警的用大腳迅速抵住門，以免它再次關上。

「嗨！你們這些小東西。」紅磚先生說：「讓怪寶幫忙，怪寶幫幫幫幫忙。」

「讓怪寶幫忙！」家務怪寶們異口同聲的說。

「慢著，你能和他們對話？」克勞斯大吃一驚。

「對，算是吧？」紅磚先生一

派輕鬆的說：「弗蘭肯芬把家務怪寶設計成只能說『讓怪寶幫忙』，然而他們已經摸索出如何透過這幾個字來溝通。我剛剛請他們去轉告廚房『我們即將抵達失魂落魄村』——至少我希望他們會照我說的那樣轉述。」

黃色濃煙從引擎室滾滾湧出，煙霧之中隱約可以看到一個長相和藹的巨魔在忙碌工作。就像其他巨魔一樣，他的頭東凸一團、西多一塊，彷彿倉促灌模的爆漿麵包，而身上穿的制服至少比他的體型小了三號。他一發現你和克勞斯，立刻停下手邊的動作，用令人意外的悅耳嗓音說：「啊！有訪客，真是太好了，快請進！」

引擎室裡充滿用扭曲金屬製成的設備，活塞泵和管線嘎吱作響，各式各樣的齒輪不斷轉動。奧美先生站在一臺龐大的機器前，手裡握著一根桿子。

「呃……我通常不會允許乘客進入引擎室，但是……」紅磚先生試圖解釋你們的闖入。

奧美先生溫和的打斷地精乘務員的話，「不必緊張，規矩就是用來

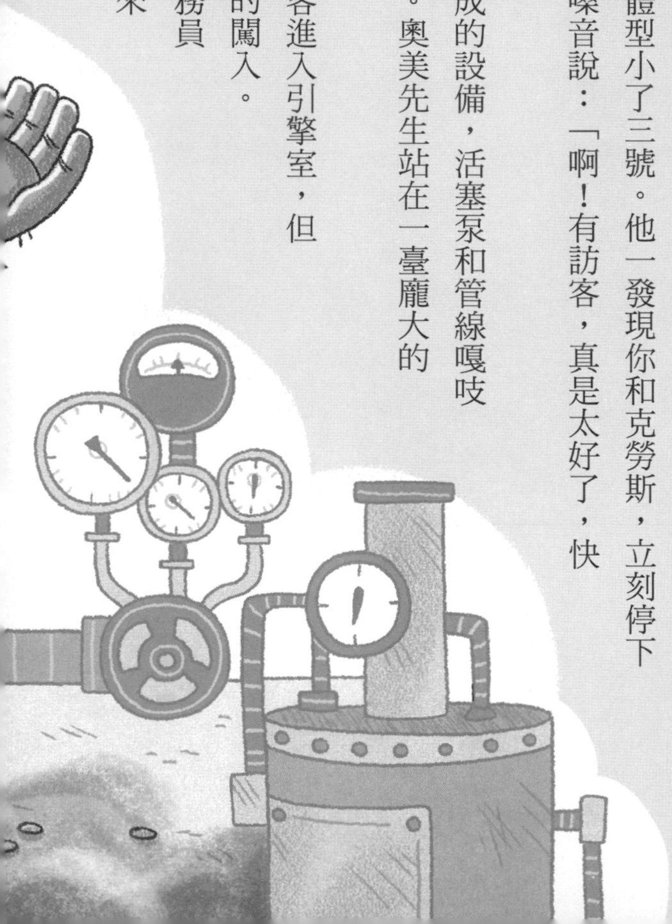

打破的。我喜歡偶爾有別的生物來訪，畢竟火車駕駛員的生活十分寂寞。噢！其中一位乘客居然是人類！長得真醜啊！」他彎下身認真打量你，甚至好奇的摸了摸你的頭髮。

「你一定是來參觀我駕駛火車的英姿，對吧？你非常幸運，我現在正好要補給燃料。來，拿著這個。」他不由分說，將一把鏟子塞到你手中，接著轉頭指揮克勞斯，「大塊頭，你可以打開那個艙門嗎？紅磚先生，請你往後站。」他指向一個冒著滾滾黃煙的巨大金屬門。

「其實我現在有很緊急的任務在身，」紅磚先生著急的說：「這兩位也沒有時間可以浪費……」

「我不認為做這件事是浪費時間。」奧美先生堅定的回答：「沒有燃料，我們哪裡都去不了。」

克勞斯抓著把手打開艙門，「噢！」把手燙得他立刻縮手，連忙對手指吹氣，你看到他的白毛微微燒焦了。

「小心手指，燃料儲存艙裡的溫度可能很高。」奧美先生這才慢條斯理的提醒你們。

你感覺到熱氣迎面而來，艙門打開之後，刺鼻的味道更加濃郁，濃煙遮蔽了燃料儲存艙的內部，讓你什麼都看不到。要不是現在手裡拿著鏟子，你會立刻摀住口鼻逃跑，但此刻你只能認命的把鏟子推進艙口。

「就是這樣，用力往內鏟。」奧美先生說。

當鏟子拉出艙門，你發現自己鏟出了一堆白色顆粒和燒焦的羽毛。奧美先生緊接著打開另一個裡頭冒著熊熊大火的金屬門。

「把它倒進去，動作快！」

你遵照指示，用力把剛鏟出的白色顆粒扔進火舌中。

「鍋爐起火啦！」奧美先生大喊。

他迅速關起金屬門，伸手抓住某條繩子用力一拉，汽笛頓時嗚嗚作響。動力充足的火車猛然加速，你一個踉蹌差點跌倒，幸好克勞斯一把接住了你。紅磚先生撿起掉落在地的鏟子。

「這是什麼燃料？」克勞斯看著地上的白色顆粒問。

「火鳳凰的大便。」奧美先生若無其事的回答他。

「真的嗎？我們的引擎室裡住了一隻火鳳凰？」克勞斯瞪大雙眼，望著眼前的燃料儲存艙。

「是的。」

「那是合法的嗎？」

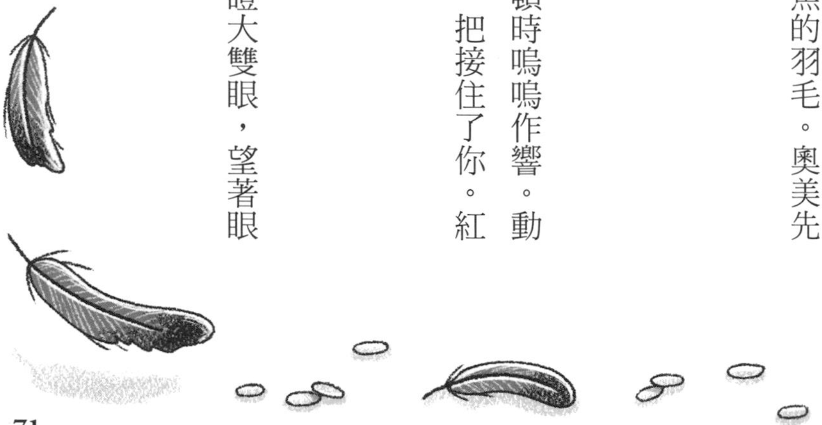

奧美先生說：「放心，完全合法。我們已得到夜間市長弗蘭肯芬本人的核准，況且佛斯蒂娜喜歡這個溫暖的套房，整個煙囪都是牠盡情伸展雙翼的活動空間。」他敲了敲門上的小窗口。

「也就是說，整列火車的動力都是來自牠的……呃……」克勞斯停頓一會，思考該用哪個詞來形容。

「便便。」奧美先生接著說：「火鳳凰的大便是龐大的能量來源，而且極為易燃，所以使用上必須非常小心，得清楚知道自己在做什麼。那麼，紅磚先生，我們可以討論一下發車時間嗎？目前的車程有點落後，造成付費乘客拜訪失魂落魄村的時間變少了。」

紅磚先生苦惱的回答：「對，我剛剛已經廣播過了，我們可不能讓男爵枯等。那些搭霸王車的哥布林真討厭！除了在行李車廂搗蛋之外，廚房的米可鳥姐妹也來告狀，說哥布林又到廚房去偷食物了。我強烈建議在下次停靠時，就將他們從列車上強制驅離。」

「你曾趕走過任何一個哥布林嗎？」奧美先生不可置信的說：「那是不可能的任務！更何況現在有那麼多哥布林。」

「但是他們都沒有買票！」紅磚先生很堅持，「我完全無法接受這種行為。」

「我已經勸過你，別理那些哥布林，隨他們去吧！」

「可是……可是……」

「很抱歉，紅磚先生，這件事不用再說了。」奧美先生強硬的拒絕了他。

「奧美先生，我們正在尋找夜間市長弗蘭肯芬。」趁著兩人的對話暫時告一段落，克勞斯趕緊表明來意。

「紅磚先生跟我提過，他至今都還沒出現嗎？」

「對，我們推測在他失蹤不久前，曾經來找你。」克勞斯說。

「大約什麼時候？」巨魔邊說邊掏出一個大懷錶。

「應該是剛過早上十點。」克勞斯回答時，眼神飄向了你。

你檢視筆記，確認他說的沒錯，便朝他點點頭。

「那個時段我沒有值班，我去休息了。」

「那麼誰來駕駛火車？」克勞斯問。

「沒有人。」奧美先生說：「不好意思，火車即將抵達失魂落魄村，現在我必須請你們離開，好讓我準備到站事宜。」

克勞斯點頭後便轉身離開，你跟著他的腳步，邊走邊把剛剛聽到的資訊寫下來。在調查中發現的每件事不一定都值得參考，龐大的資訊往往令人頭暈目眩，必須一一過濾，才能掌握破案的真正關鍵。弗蘭肯芬是從沒鎖上的車門失足摔落的嗎？或者他被誰推下了車？奧美先生絕對是你見過最親切的巨魔，然而他在言談間透露出一股難以形容的異樣。

隨著火車即將進站，奧美先生緩緩剎車，火車微微傾斜。你的手一滑，不小心在筆記本上的「失魂落魄村」後面加了一個問號。到目前為止，你們一直在提出各種問題，現在必須開始拼湊出答案了。

幽靈撞球桌

你從未搭過設有遊戲室的火車，況且外西凡尼亞特快車並非普通列車，車上的所有設施都令你感到新奇。

遊戲室裡有一張手足球臺，一列列的長桿上附著互相揮拳叫囂的迷你足球員，他們試著接觸彼此，可惜身體被牢牢的固定住，只能被迫隨桿子移動。紅衣守門員將足球往球場中央踢，藍衣中場球員嘗試用頭去頂球，卻不慎跌了一跤，讓同一根桿子上的另外三名球員也跟著一起摔倒在地。一名後衛奮力踢飛球，你匆忙閃避，那顆球順勢砸中後方書架上的一本書。

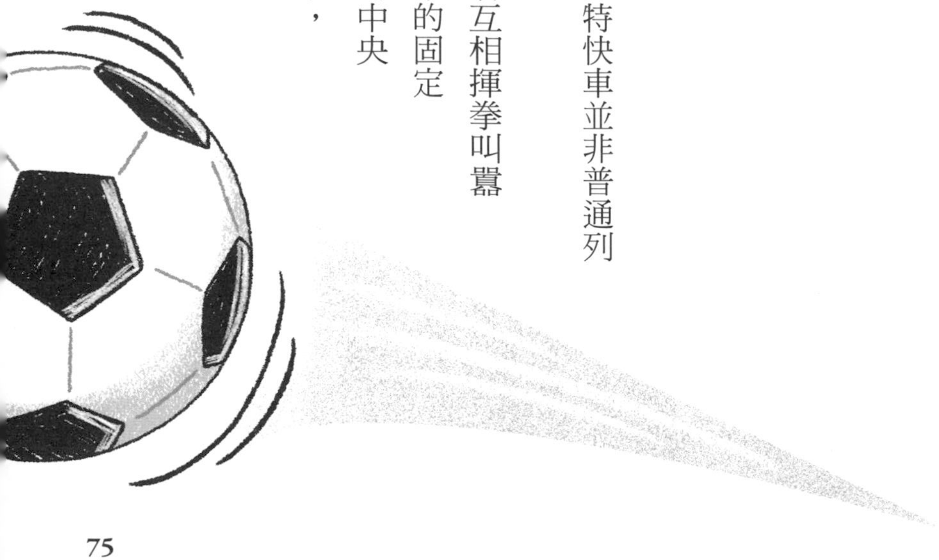

那本書晃了晃後掉了下來，砸中地上一顆正在滾動的保齡球，球直直撞上沒有固定在牆壁的書櫃，櫃子頓時往前傾倒，各種遊戲盒和玩具撒落一地，一個喪屍小丑玩偶從盒子裡逃出來，把你嚇得跳腳。

這些怪物玩具不是遊戲室裡最驚悚的部分。你認出了小吸血鬼鮑比．史托克和他的怪物好友怪迪．弗蘭肯芬，他們是避風鎮異能學院的學生。這裡還有一位陌生的年輕蛇髮女妖，為了安全起見，她讓頭頂那窩彩色毒蛇通通戴上一副迷你墨鏡，防止牠們將附近的生物全部變成石頭。

那三個孩子站在撞球桌旁，腥紅色的桌面滿是燒焦的痕跡，看來是一顆不斷噴火的紅球所造成。鮑比彎腰向前，專心的看著球桿，將一顆冰霜白球撞向燒得滋滋作響的紅球，兩顆球互撞時冒出了一團蕈狀雲。火焰紅球急速反彈，準備撞向巨大的眼珠球。眼珠球發現紅球逼近，連忙閃到一旁，讓它撞上後面的黃球，引起一場小型爆炸，你趕緊用手遮住眼睛。

克勞斯喝采：「好球！我最喜歡欣賞戰況精采的幽靈撞球，現在是誰領先？」

「我。」鮑比．史托克得意的回答，把球桿交給怪迪。

「那是因為你一直作弊。」怪迪嘟嘴碎念。

「天啊！這個遊戲真無聊。」一旁觀戰的年輕蛇髮女妖抱怨。

「你好，我是雪怪偵探索斯塔，這位是我的助手。」

「我是喬琳。」女孩酷酷的回應。

「現在還沒有放假，你們不是應該去上學嗎？」

「我寧可自己在學校。」鮑比無奈的說。

「只要不是在這裡就好。」怪迪附和道。

「你們兩個真幸運，我的學校可是緊跟著我不放。」喬琳翻白眼抱怨。

「那是什麼意思？」克勞斯追問。

「喬琳是在家學習的自學生，她有私人家教。」鮑比回答。

「法老拉美帝帝。」她哼了一聲，「他每天都準時上課，即使在火車上也不例外，還說這次是個難得的『機會教育』。真希望有人可以再把他製成木乃伊！」

「我討厭大人。」鮑比說。

「你和你爸爸處得還好嗎？」克勞斯問鮑比。

「你為什麼想知道？」鮑比反問。

怪迪插嘴道：「這不是很明顯嗎？這位大偵探正在找我爸，你爸剛好是我爸失蹤案的嫌疑犯之一。整個小鎮都知道他們水火不容，索斯塔肯定懷疑是你爸把我爸鎖在那間額外預訂的包廂裡。」

鮑比點點頭，「換作是我也會這麼想。今天早上我親眼看到他們互相叫囂，我爸還當著弗蘭肯芬的面摔上門。」

「有人已經對弗蘭肯芬下手了。」克勞斯故意這麼說。

「說不定只是場意外。」喬琳說。

「也許吧！他的敵人實在太多了。」克勞斯說。

「那倒是真的，」鮑比笑著指了指喬琳，「連你奶奶也無法忍受他喔！」

「你奶奶是誰？」克勞斯轉身面向她。

「陶德惠索館長。」她聳聳肩答道。

克勞斯笑道：「我怎麼沒注意到呢？你這麼一說，我才發現你們祖孫倆根本是一個模子刻出來的。」

你在之前的案件中，認識了蛇髮女妖戈爾貢．陶德惠索，她經營避風鎮上的魔具珍寶博物館很長一段時間，只是現在年事已高，頭上的老毒蛇不如喬琳的那麼致命。眼前這位青少女似乎不大喜歡被克勞斯如此打量。

「現在輪到誰了？」她轉頭問另外兩位年紀相仿的同伴。

「換我了。」怪迪說。

「我能試打一球嗎？」克勞斯興致勃勃的問：「我好久沒玩撞球了。」

「請便。」怪迪乾脆的交出球桿。

球桿一換到克勞斯手上，幾顆綠球便發出恐懼的尖叫，瞬間化成果凍。

克勞斯彎身，瞇起一隻眼。「很棒的球桿。」他稱讚道。

「沒錯，這是我的。」怪迪得意的說。

克勞斯用力推出球桿，擊向一顆不停顫抖的眼珠球。球桿剛好命中眼珠中央，深深卡進球裡。眼珠球突然伸出兩隻手臂，企圖掙脫克勞斯的球桿，但雪怪可沒打算放過它，繼續推動眼珠球撞擊球桌上的其他球，一會兒後，各式各樣的球一顆接一顆的落袋。

不到幾秒鐘，整個桌面就清空了。

「哇！打得真好。」怪迪忍不住讚嘆。

鮑比有點吃味的說：「是喔？我之前也有那樣打過。」他拿起球桿，把那顆眼珠球從桌邊移走。

「我們正在釐清事情發生的經過，才能鎖定怪迪他爸爸最後一次被看到是什麼時候。」克勞斯說。

怪迪說：「今早起床後，我們一起到餐車車廂吃早餐，沒過多久，他就離開去找鮑比的爸爸了。我還拜託他在前往火車的另一端時，順便到行李車廂幫我拿回幽靈撞球桿。」

「鮑比，他去敲你們的包廂門時，手裡有拿著撞球桿嗎？」

「沒有。我想應該沒有吧？」鮑比漫不經心的回答。

「他和你爸談了什麼？」

「我不知道，也不想知道。被迫聽大人說教已經夠痛苦的了，誰會主動去聽他們在聊什麼啊！」

「他來找我奶奶時，手裡也沒有拿撞球桿。」喬琳主動說。

使用公約

「他也去找你們？」克勞斯對那位小蛇髮女妖說：「弗蘭肯芬今天早上可真忙啊！當時是幾點？」

「大約十點。弗蘭肯芬想把博物館改建成購物中心，他們為此大吵一架。」

「我明白了。你知道弗蘭肯芬接下來要去哪裡嗎？」克勞斯問。

喬琳想了一想說：「他好像有提到火車駕駛員。」

線索已經蒐集得差不多了，於是克勞斯轉向你，徵詢你的意見。「現在要去找奧美先生，還是陶德惠索館長呢？」

？你想去見奧美先生嗎？

前往第64頁

生鮮有力的燃料

？或者你想去和陶德惠索館長談談？

前往第55頁

法老拉美帝帝

失魂落魄村

隨著火車逐漸接近這個風景如畫的山頂小鎮，車內響起一陣興奮的喧鬧聲。雲霧終於散去，這是你在這趟旅程中首次見到清晰的山景。

「關於弗蘭肯芬今天早上的行蹤，我們聽到了不只一種說法，而且其中有些環節銜接不上。」仍在為案情傷腦筋的克勞斯無心欣賞美景，「最重要的是，我們無法確定他是否還在車上。」

你瞬間被拉回現實，一邊絞盡腦汁思考，一邊檢視目前為止所做的筆記。

「誰會有犯案動機呢？我們的男主角弗蘭肯芬樹敵無數，現在的調查結果顯示幾乎每位乘客都有嫌疑，譬如我們的老朋友瑞瑪洛夫婦，他們兩位都曾和弗蘭肯芬鬧得不愉快。」

此時，同車旅客紛紛步出包廂，湧入走道上等待。精靈夫妻奈傑爾和珊德拉穿著羊毛厚外套，手挽著手望向窗外。

「我一直都想來拜訪這裡！」珊德拉的雙眼閃閃發亮，「它有一段很精采的過往。當然，身為避風鎮的副市長，我曾多次受邀……」

「你這趟旅程不是公務出差。」奈傑爾提醒她。

「當然不是。」她微微一笑，「你看，全村居民都是亡魂！果然如傳聞所說，是一個充滿『靈氣』的地方。」

奧美先生的聲音再次從擴音器裡傳出，「本車將在此站停靠半小時，歡迎大家在這段時間下車參觀，請務必在火鳳凰第三次鳴叫前回到車上。」

隨著汽笛聲響起，火車漸漸放慢速度入站，整座失魂落魄村盡收眼底。你看到那些村民各自忙碌，有的騎著漂浮在半空中的腳踏車，有的打掃道路，只是他再努力也無法掃起一片落葉。附近的一處田地裡，有位農夫正賣力的揮動一把透明的鐮刀，結果沒有任何雜草被砍斷。

火車和鐵軌間發出尖銳刺耳的磨擦聲，終於完全靠站了。

一位陰森的站長漂浮在月臺上，微笑著迎接大家，車門一打開，所有生物紛紛迫不及待的衝上月臺。你搜尋任何可能將弗蘭肯芬偷運下車的物品，但眼前的怪物乘客和亡靈居民交織而成的景象對你而言實在太新奇，眼花撩亂的你擔心自己無法兼顧到所有細節。

你下意識回頭張望，果然有些不對勁。火車車頂上有一個亮紫色的東西，你還沒來得及看清楚那究竟是什麼，它就已經消失無蹤了。

「歡迎、歡迎！」幽靈站長飄到群眾上方，好讓大家都能看見他。「很高興各位蒞臨失魂落魄村。你們有點遲到了，不過別擔心，這裡的每個幽靈都經常遲到，我是鼎鼎大名的遲到站長，伊果。啊！紅磚先生，見到你真是太好了。」

「嗨！」紅磚先生說：「抱歉，我們有事耽擱了。」這位矮小的地精淹沒在人潮中，看起來比平常更焦躁。「史托克先生，請你依序排隊，不要推擠！」

「我？推擠？怎麼可能！」蒼白的吸血鬼說：「我兒子和我只是想快點往前走。」

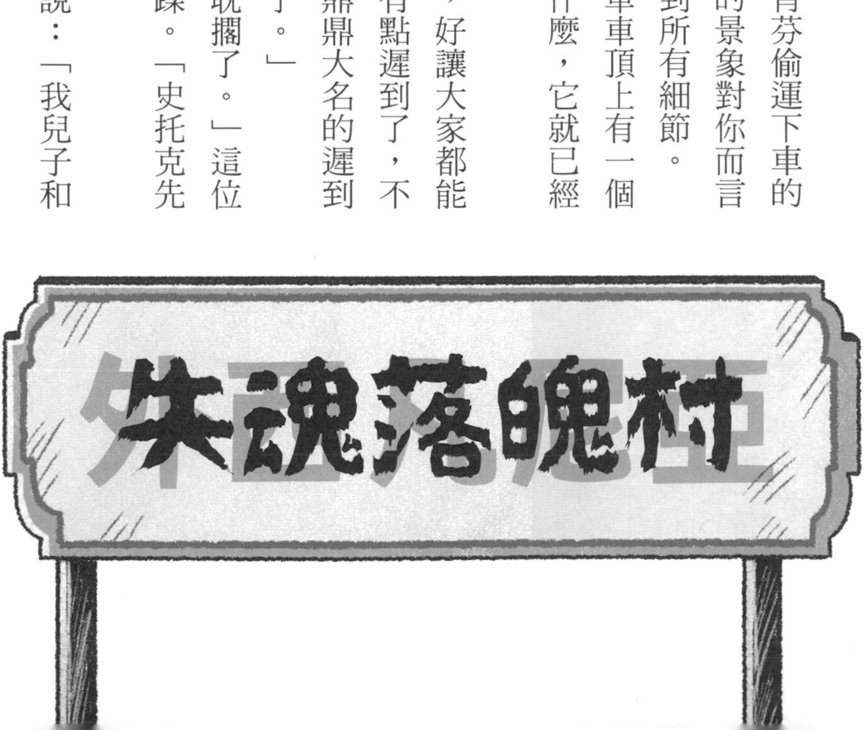

「請排隊！」奈傑爾被推擠得幾乎站不穩，他很不高興的說：「我太太和我是排在你們前面的。」

「哼！你們少得意了。」史托克的嘴角揚起一抹邪笑，「再過幾個星期，我將成為避風鎮新任的夜間市長，到時候你們都必須聽命於我。」

「你的意思是，你已經把政治對手除掉了？」珊德拉尖銳的問道。

「親愛的瑞瑪洛副市長，如果你是說弗蘭肯芬，請容我向你保證，我和他的失蹤一點關係也沒有。如果他贏得這次選舉，我沒有任何損失，反而是陶德惠索館長將失去她的博物館。」

「請不要隨意做出不實的指控，布蘭威爾。」年邁的館長出聲警告，她羊毛帽底下的那窩毒蛇不停發出憤怒的嘶嘶聲。

「好呀！放你的毒蛇過來呀！」布蘭威爾大聲嚷嚷。

「沒有禮貌的傢伙。」陶德惠索館長嫌棄的瞪著他。

珊德拉連忙安慰道：「別擔心，陶德惠索館長，只要我還是副市長，就不會讓任何人把博物館改建成購物中心。」

「拜託！各位可以稍微尊重一下我們的

主講人嗎？」紅磚先生氣憤的大吼。

「當然，還是有乘客在專心聽他說話呢！」發言的男子身穿一件繡金線的華麗白袍，手持一個泡著大腦的玻璃罐。

「原來是法老拉美帝帝。」幽靈站長在半空中對他鞠了個躬，「能見到您親自來訪真是太榮幸了，我非常喜歡您那篇《論吸血鬼與狼人之相似性》的論文。」

「一個前木乃伊懂什麼？」史托克不屑道：「身為吸血鬼的我們才有資格發表言論。」

「爸……拜託你不要再丟人現眼了啦！」他的兒子鮑比低聲抱怨。

怪迪．弗蘭肯芬凝神看著法老拉美帝帝好一會兒，冒失的問：「嘿！為什麼你的大腦會在身體外面？」

「為了讓每個生物都可以欣賞它啊！」法老得意的回答。

「是喔？真的吔！好神奇喔！」站在怪迪身邊的喬琳故作捧場的說。她頭上那窩七彩斑斕的毒蛇戴著迷你墨鏡窩成一團，不曉得是不是還沒睡醒。

「喬琳．陶德惠索，敬老尊賢！」法老拉美帝帝用嚴肅的口吻說：「在以前的年代，我們相信智慧應存於心，而不是四處張揚。如今是思想和環境都更進步的時代，我很感激當初把我製成木乃伊的人，非常謹慎的保存了這個重要的器官，讓我直到現在都能繼續思考、學習。」

「還真是幸運喔！」喬琳毫不客氣的嘲諷。

「親愛的孩子，你是個年輕又有能力的蛇髮女妖，然而關於這個世界的一切，你還有很多事情該學習。」法老仍不停諄諄教誨。

「呃嗯……站長正要介紹村子的旅遊路線。」紅磚先生忍不住打斷他們。

伊果站長接著說：「謝謝紅磚先生。各位可以往前直走，一路到市集，或是向右走小路直達觀景臺，那裡是觀賞源泉城堡的好地點，能幫助您了解當初蝙蝠男爵如何屠殺這整座村莊。」他帶著自豪的微笑繼續說：「如果想先喝點飲料，推薦到左手邊的興高采烈酒吧。」

你和克勞斯站在群眾的後方，觀察每個生物的去向。陶德惠索館長和法老拉美帝帝走向通往觀景臺的小徑，喬琳和怪迪拖著沉重的步伐跟在他們身後。鮑比想和朋友一起行動，只是他爸爸抓住他的手和他同撐一把傘，以免被偶爾從雲層透出來的陽光照射到，父子最後朝酒吧走去。精靈夫妻如膠似漆的邁向市集。月臺上的人潮散去之後，你看到惡煞梅塔獨自站在原地，悲傷的望著怪迪走遠。

「你不去村子裡逛逛嗎？」紅磚先生問。

「沒人要和我一起，渴望的表情。」她回答。

「不用擔心，美麗的女士，讓我來陪你。」紅磚先生踮起腳尖，拍拍胸脯。

「真善良。你是善良的人。」她露出微笑。

「我是善良的地精。沒什麼，這是我的榮幸。」

惡煞梅塔握住紅磚先生伸出的手，一起緩步走進村莊。你望著這對頗具喜感的組合——一個龐大的怪物，以及一個身高不到她膝蓋、走路搖搖晃晃的矮地精，難怪紅磚先生臉上浮現痛苦的表情。

克勞斯轉向你，說：「眼前有三條不同的路。直到此刻，我們一直在盤問嫌疑犯，我想該退一步觀察他們了。當他們不曉得自己被暗中觀察時，行為舉止就會不一樣，甚至不小心犯錯，洩露重要線索。為了爭取時間，我們分頭行動吧！稍後在餐車車廂會合。你想選哪一條路？」

? 你想走右邊那條路，去跟蹤陶德惠索館長嗎？

前往第91頁

遠眺城堡

? 或者你想走左邊那條路，尾隨吸血鬼父子？

前往第104頁

虛實不明的雙面助手

? 或者你想選中間那條路，前往市集？

前往第97頁

恐怖望遠鏡

遠眺城堡

高聳入雲的松樹形成一座深邃的黑森林，從村子一路延伸到城堡。腳下這條狹窄的小徑在濃密的樹叢間若隱若現。當你吃力的走在崎嶇的石子路上，總感覺有什麼尖尖的東西從背後戳著你，你一停下腳步轉頭盯著那些樹枝，松樹便趕緊向後縮回枝椏。

你看到前方是怪迪・弗蘭肯芬和喬琳・陶德惠索並肩而行，法老拉美帝帝和陶德惠索館長挽著手走在最前面。你聽不見那兩個大人的談話，只能勉強從踩在落葉上的清脆腳步聲之間，依稀捕捉孩子們聊天的片段。你小心的保持距離，不讓他們發現你跟在後頭。

「謝啦！讓我跟你們一起行動。」怪迪說。

「真不曉得你怎麼會想和那兩位老人同路。」喬琳頭上的毒蛇朝著陶德惠索館長和法老嘶嘶吐著蛇信。

「你奶奶很酷吔！至少她敢對我爸嗆聲，不像惡煞梅塔總是唯唯諾諾的。」怪迪說。

你沒有聽清楚喬琳接下來說了些什麼，因為她頭上的毒蛇越來越吵，你只能勉強聽到句子的後半段。

「……鮑比很快也會有一個新的繼母。」

怪迪大笑：「我覺得他更擔心的是修伊。」

你認真聽那兩個孩子的對話，好奇他們究竟在講什麼。你回想起自己與克勞斯合作的第一個案子，當時弗蘭肯芬雇用你們尋找怪物製造機。這一切感覺已是陳年往事，你的記憶有點模糊不清。你翻找之前做的筆記，看到一個名字——修

伊．嚎嚎。你想起來了！修伊是鮑比和怪迪的同班同學，身為狼人的他總是被同學嘲笑，所以後來他用怪物製造機把自己變成一隻紫到發亮的少年狼。

等你把目光從筆記本上移開，喬琳和怪迪已經趕上那兩名大人。他們全站在一個架高的木造平臺上，你只好壓低身子悄悄爬到附近。

法老用威嚴的語氣介紹道：「我們可以從這個特別設計的觀景臺看到壯觀的源泉城堡，這是建築師『短命塞門』的經典作品。自從他和蝙蝠男爵同行卻不幸意外身亡後，就得到了這個稱號。」

「他明明是從城堡窗戶掉下去的。」喬琳不耐煩的插嘴。

「現在開始請各位謹言慎行。」法老拉美帝帝嚴肅的提醒道：「源泉城堡擁有你們意想不到的強大魔法，大家都相信蝙蝠男爵能聽見、看見遠超出城堡範圍以外的一切事物。如果他此刻正在聽我們說話，我希望他可以聽到我說——若能獲得他召見，將是我莫大的榮幸！」

「說不定他最想接見的對象就是你。」喬琳打了個呵欠後又補了一句：「如果他有失眠問題的話。」

怪迪在一旁忍不住偷笑。

「喬琳！」陶德惠索館長出聲責備叛逆的孫女。

「我爸也很想見他。」怪迪悶悶不樂的說。

「你爸爸現在失蹤了，即使蝙蝠男爵本來打算見他，也必須被迫選擇另一名乘客。」法老拉美帝帝說。

「除非他被惹火，然後再度大開殺戒。」喬琳幸災樂禍的說。

「唉呀！看來你一直都有在聽我說話。」法老拉美帝帝說：「沒錯，失魂落魄村之所以聞名於世，是因為它是唯一在一夜之間被吸血鬼消滅的村莊。從那天起，蝙蝠男爵便隱居於此，大部分的同類仍視他為領袖，在吸血鬼相關律令上聽從他的意見。」

「我實在想不出他有什麼理由召見我爸。」怪迪說。

陶德惠索館長說：「男爵通常是由訪客的禮物來做出選擇，你知道你爸爸要送什麼嗎？」

「我不知道。」怪迪聳聳肩，「你們兩位準備了什麼禮物呢？」

「哈！這個嘛……真的不關你的事。」法老拉美帝帝轉向喬琳，把一隻手搭在她肩上。「我們趕緊前往市集吧！自由活動時間快結束了。」

「喔！太棒了，市集！」喬琳嘆了一口氣。

「這真是最糟的假期了。」怪迪無奈的說。

你突然意識到他們一轉身就能發現你，頓時緊張得喘不過氣。幸好你想起一件事——你現在有魔法了！

你揮了揮手，用唇語說出：「消失。」

就在他們轉過身的那瞬間，你及時隱身。你低頭望著自己的手，空空如也，什麼也沒有。

「我覺得好像有人正在看著我們。」怪迪說。

喬琳頭上的毒蛇嗅聞著空氣，隨時保持警戒。縱使你隱形了，牠們仍然可以聞到你的氣味。

「如果真的有人盯著我們，我倒是不驚訝。」陶德惠索館長悠哉的說：「畢竟這裡是幽靈村。」

法老拉美帝帝補充：「別忘了還有蝙蝠男爵的忠實僕人——赫基爾博士和假博先生。他們可能一直在替主人監視車上的乘客。」

大夥兒轉身走向市集，你小心的緊跟在後。你利用自己的隱形能力輕鬆進行調查，可惜接下來的話題變得相當無趣。法老滔滔不絕的介紹這座村子和蝙蝠男爵的歷史，即使喬琳不斷挖苦也不減他的興致。當火鳳凰的鳴叫響徹村莊時，每位旅客都快步趕回火車，你也不例外。

這時，你聽見一個聲音。

「很快……」那個聲音喃喃說道：「很快我就會見到你……」

你停住腳步四處張望，確認沒有人在你身邊，你嚇得全身直冒冷汗。你幾乎可以確定，剛剛那陣低語就是蝙蝠男爵的聲音。

前往第112頁
令人羨慕的家務怪寶

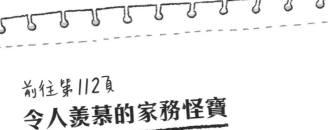

恐怖望遠鏡

同車的旅客們紛紛走向村子，大家幾乎都乖乖走在人行道上，以免被幽靈馬車撞到。你們調查夜間市長失蹤案時，已經見過大部分的乘客，然而現在還是看到了許多生面孔。

一進入村莊，你就聽到小販的叫賣聲在熱鬧的市集裡此起彼落。

「熱騰騰的匈牙利燉牛肉！用全世界品質最好的幽靈血漿，精心細火慢燉，趁熱來買喔！」

「小說跳樓大拍賣！要命的好書，保證值得一讀！」

「快來買！失魂落魄村才有的特殊紀念品，鬧鬼娃娃屋、幽靈火車組、蝙蝠男爵帥氣公仔……」

村裡的廣場中央，有一座裝飾著人魚雕像的噴泉，其中一側是幽靈藝術家的擺攤區，他們放了一整排的畫架和椅凳來展示自己的畫作，藉此吸引觀光客付錢請他們畫肖像，你從藝術家們扭曲的表情，看出他們其實很難握住畫筆。此時，你發現瑞瑪洛精靈夫妻駐足在一名藝術家面前。

「嗨！你們好，能讓我為你們畫一幅幽靈肖像嗎？這將會是很美好的旅遊紀念喔！」那名藝術家手扶貝雷帽帽緣，熱情的對他們打招呼。

「你覺得如何？親愛的。」奈傑爾說。

「好哇！」珊德拉開心的同意了。

「太好了！請兩位坐下，盡量不要扭動。」那名藝術家說：「為動來動去的顧客畫肖像很不容易，我其實比較喜歡畫靜物。」

奈傑爾打了一個呵欠，「抱歉，我昨晚沒睡好。那些可惡的狼嚎讓我整晚睡不著。」他抱怨。

「狼嚎？」珊德拉問。

那名藝術家解釋：「的確，火車經過狼人窩時聽到狼嚎是很正常的，可是你們早已經過狼人窩的範圍了。我們村子的一邊是狼人的地盤，另一邊則是吸血鬼的領地。對了，你們知道狼人和吸血鬼都源於外西凡尼亞嗎？」

「我不曉得呢！」奈傑爾瞪大雙眼望向妻子，「你知道嗎？親愛的。」

「我有聽說過。」珊德拉的表情看起來一派輕鬆。

「看來夫人在行前做過功課了。」那名藝術家一邊說，一邊努力拾起畫筆和顏料。「你們也想見到男爵，是嗎？」

奈傑爾大笑，「不！我們完全沒這個念頭，只是來放鬆心情的。」

「沒錯。」珊德拉說。不知為何，你覺得她有點心虛。

「原來如此。這輛火車總是載滿了滿懷期盼的可悲乘客，他們必須在數個月前就遞交申請書，費心準備珍奇古怪的禮物。」那名藝術家把畫筆放到調色盤上吸飽顏料，在畫布上渲染一抹鵝黃。「如果你是世界上最年邁、最受敬重的吸血鬼，你還會缺什麼東西呢？喔！別問我，我只見過男爵一次，而且那次的經驗對我來說不太好。」

那名藝術家邊說邊用畫筆蘸上更多顏料，結果不小心手滑，調色盤打翻在畫布上，把整張畫和兩位主角都噴滿紅色顏料。

瑞瑪洛夫婦氣得跳腳，藝術家不停道歉，但你的注意力被廣場的另一側吸引，你看到三隻家務怪寶停在一個攤子前，一個疊著一個，試著和攤販溝通。

「我聽不懂你們在說什麼。」幽靈小販苦惱的說。

「讓怪寶幫忙……幫忙忙……」最上方的獨眼家務怪寶努力比手畫腳。

「喔！你們想買炙燒種子嗎？這是火鳳凰專用的食物。」

「讓怪寶幫幫幫忙……」那個迷你怪物伸手拿起一袋種子。

「好，這下我總算弄懂你們的意思了。」幽靈小販鬆了一口氣。

「讓怪寶幫忙！」沒想到這群迷你怪物拿了袋子，立刻轉身跑走。

「嘿！你們還沒付錢。」幽靈小販氣得大叫。

你正想去跟蹤那些小怪物時，突然發現惡煞梅塔孤單的坐在噴泉前的長椅上，她不斷回頭張望，似乎正在等著誰出現。

你環顧四周，看見紅磚先生手裡拿著兩杯飲料，邁開短短的雙腿，快步走向惡煞梅塔。也許是太過心急，他完全沒留意到手上提著購物籃的包特茲正站在路中央，結果不小心一頭撞上去，其中一杯飲品灑了出來。

「你看你做了什麼好事，擋路的大笨蛋！」紅磚先生看著潑灑出來的飲料大發雷霆。

「抱——抱歉。」包特茲慌亂的道歉後，奔向附近的蔬果攤。

紅磚先生發現兩杯飲料剩下的量不一樣，連忙從較滿的那一杯分一些到另一杯，這才走向惡煞梅塔。

你穿越廣場，被一個中央有銅製望遠鏡的高臺吸引過去。

這座巨大望遠鏡的牌子上寫著「恐怖望遠鏡」，視線正對山丘上的源泉城堡。你踩上望遠鏡前的小階梯，把眼睛湊向鏡片觀望四周景物，一切宛如近在眼前般清晰。魔法鎮的望遠鏡有個好處，就是視野內的景象看得特別清楚，這是一般望遠鏡無法辦到的功能。

你把鏡頭拉近一點，裝飾在城堡頂端的滴水嘴獸看起來更加恐怖，建築周圍的樹木正隨風搖曳，盤旋在空中

的禿鷹也清晰可辨。你的鏡頭掃過城堡低層的一扇大窗戶時，隱約看到一個人影站在窗前。他隱沒在陰影裡，唯有目光在黑暗中閃爍如炬。這位就是蝙蝠男爵，世界上第一位吸血鬼！從這麼遠的距離觀察他，理論上應該十分安全，你卻仍然緊張不安，因為他顯然正直視著你的雙眼。

他緩緩舉起手臂，你看到他伸出一隻瘦長的手指，定定的指向你。

你嚇了一跳，下意識往後退，差點從小階梯上滾落。一陣尖銳刺耳的聲音傳入你的耳朵，是火鳳凰在提醒乘客該回到車上了。

前往第112頁
令人羨慕的家務怪寶

虛實不明的雙面助手

當那條陰暗狹窄的小路彎進一個漆黑的隧道時，你立刻後悔決定跟蹤史托克。你和史托克父子保持安全距離，但從雜亂的腳步聲和利爪刮磨的聲音來判斷，隧道裡的致命生物肯定不只這對吸血鬼父子。你一手抓著筆記本，一手緊握著筆，暗想如果克勞斯在你身邊就好了。

「來吧！鮑比，跟上我。」布蘭威爾的聲音在蜿蜒的隧道間迴盪。

「我想和喬琳、怪迪一起走。」

「我已經說過很多次，我不希望你和弗蘭肯芬的兒子混在一起。」

「爸，你沒有權利干涉我要和誰做朋友！再說，我一點也不想參加這趟愚蠢的旅行！我喜歡從前只有我們兩個的時候。」

「鮑比，我們已經走過這些難關，往後將會是一個完整的家庭。」

「你的意思是，只要那個吸血鬼大佬祝福你……」

「夠了！」

這對吸血鬼父子停在隧道盡頭的一扇厚重木門前。在你躲入暗處繼續觀察時，有個東西爬上了你的脖子。是蜘蛛嗎？或是更可怕的生物？你努力忽略那股搔癢，專注於眼前的任務。

「拜託，繼續爭執也無濟於事。」布蘭威爾妥協道：「我給你一些錢去玩漆彈遊戲機。」

「還要一個黑布丁布朗尼。」鮑比趁機要求加碼。

「好啦！」

布蘭威爾打開門，讓兒子先走進去。你趁門完全關上之前，趕緊衝上去抓住門把。你溜進屋內，發現自己站在一個陰暗房間的角落，各種奇特的生物坐在桌子旁邊或倚著吧檯，幽靈服務生飄在空中為顧客點餐，並盡力以自己縹緲的雙手握緊酒杯、送到客人桌上。其中一位服務生不慎讓冒泡的啤酒摔落在地，杯子碎裂、酒沫橫飛，引起喧鬧的群眾一陣驚呼。

布蘭威爾向吧檯服務生點完餐後，把零錢遞給鮑比，吸血鬼男孩立刻轉身跑向漆彈遊戲機。

你的目光牢牢盯著布蘭威爾，他走進一間包廂，一位穿著體面的男士已坐在裡面等候。

你想更接近他們，於是低頭側身快步走過包廂門口，尋找合適的埋伏地點，沒注意到迎面飄來的幽靈服務生。你直接穿過他，把他從裡到外摸得一清二楚。雖然只是短暫的瞬間，那股異樣感仍讓你噁心不適，你厭惡的轉過頭去，不小心碰到他手中的托盤。

「嘿！」幽靈大吼：「你知不知道我得費多大功夫才能拿住這些杯子？」

你還來不及道歉，他手中的托盤就歪向一旁，杯子們紛紛奔向地板的懷抱，到時候你們將是全場矚目的焦點，這是你最不想遇到的狀況。你瞇起眼睛，舉起一隻手指著那些杯子，它們立刻神奇的懸浮在半空中，幽靈服務生見狀，趕緊將杯子接回托盤中。

「呃，謝謝你。」他皺了皺眉，飄向吧檯。你擠進兩個巨魔之間，爬過一隻獨角獸的腳下，終於抵達史托克隔壁的包廂。你背對著他們坐下，調整好桌上空高腳杯的角度，從杯子上的倒影觀察身後的動靜。

「赫基爾博士。」布蘭威爾．史托克說：「請用，我已為你準備好飲料了。」他拿著一杯不斷變色的冒煙飲品，遞給面前的紳士。

「你真客氣，」那名男士說：「但我不能接受，這個行為已經算是賄賂了。身為男爵的得力助手，這可不是我第一次遇到這種事。」他推開那杯飲料。

「賄賂？」布蘭威爾笑道：「不，不，只是一杯飲料罷了。」

赫基爾博士說：「況且這對你來說完全沒有幫助，我對於蝙蝠男爵的決定毫無影響力。」

「可是你一定知道他今年決定接見誰吧？」布蘭威爾問。

「啊！這個嘛……這樣就會洩露祕密了。」赫基爾博士把飲料湊到鼻子前嗅聞，慢條斯理的欣賞它的香氣。

「沒關係，你就告訴我吧！」布蘭威爾軟硬兼施的要求道：「而且請你記得，我知道你說謊的時候會發生什麼事。」

赫基爾博士臉色一變，用略帶緊張的笑聲來掩飾不安。「我不能透露任何消息。」

「你知道弗蘭肯芬要送什麼禮物給男爵，對吧？」史托克繼續追問。

「抱歉，我不知道……」赫基爾博士說到一半立刻用手摀住嘴巴，可惜為時已晚，謊言馬上產生作用。他原本光滑的皮膚突然變得又皺又垂，濃密的頭髮被吸進頭皮裡，身體逐漸萎縮。這絕對是你見過最駭人的景象，你卻無法移開目光。等到一切變化結束之後，眼前出現了一個完全不同的人，僅剩雙眼仍有赫基爾博士的影子。

「也許我該稱你為……假博先生？」布蘭威爾不懷好意的笑著說。

「喔！史托克，你這個老不死吸血鬼，又

想打什麼歪主意？」假博先生說完後，開始一陣沙啞的咳嗽。

「我剛剛正在和比較優秀的另一個你說話。」布蘭威爾說。

「比較優秀？呸！」假博先生輕啐了一聲。

布蘭威爾微笑著擦拭被口水噴髒的臉，「赫基爾博士不能說謊，你則是不能說實話。」

「那絕對是胡說八道。」假博先生說。

「現在我要問你相同的問題，」史托克不耐煩的說：「蝙蝠男爵今年要接見的乘客是誰？」

「當然是你。」假博先生回答。

布蘭威爾滿意的點點頭，然而當他看到假博先生邪惡的笑容，他便明白剛才的答案絕對是謊言。

「如果不是我，那麼會是誰？弗蘭肯芬？」史托克氣呼呼的問。

「也許是喔？」假博先生回答。

史托克憤怒的說：「我真是在浪費時間，赫基爾博士早就告訴我，你也不確定今年的結果。」

假博先生不屑的說：「我又沒看過每位乘客的申請表，也不知道大家送了什麼禮物。」

「包括我嗎？」史托克問。

「喔！不。」假博先生用低沉的聲音回答：「我當然不知道你把弗蘭肯芬的怪物製造機當成你的禮物。」

「小聲一點！」史托克厲聲說道。

假博先生大聲的說：「為什麼？有什麼關係？你該不會是從弗蘭肯芬那裡偷來的吧？要是你的選民知道，會怎麼想？」他笑得樂不可支，用粗短的手拍打桌面。

「你為什麼認為蝙蝠男爵想要那臺破機器？」

「這個嘛……」史托克似乎有點難為情，「我以為他會想用怪物製造機來……你知道的，讓自己復活。我覺得這個禮物很有競爭力。」

「沒錯，我看到他讀你的申請表時臉上有多麼開心。我可以很真誠的告訴你，你的機會很大。」假博先生大笑。

布蘭威爾憤怒的握緊拳頭，「弗蘭肯芬的禮物又是什麼？」

假博先生說：「蝙蝠男爵似乎對他的禮物很心動……噢！」

他的皮膚忽然開始起泡，顯然剛才不小心吐露了實話。假博先生不斷劇烈抽搐，把飲料翻倒在桌上，布蘭威爾立刻跳起來和他保持距離。

你不想再看到恐怖的變身場面，於是連忙起身離開。你穿過酒吧時，耳邊傳來一陣尖銳的鳥鳴。

酒保向屋內的顧客說：「這是火鳳凰的第一次鳴叫，各位先生、女士，如果您是外西凡尼亞特快車的乘客，請盡速享用餐點，趕緊返回列車。」

你也該動身回到車上了。

前往第112頁
令人羨慕的家務怪寶

令人羨慕的家務怪寶

所有乘客都趕回月臺集合，你也加入排隊上車的行列中。火車煙囪湧出黃色煙霧，你看到駕駛員奧美先生從窗戶裡探出頭來。

「差不多該出發了，紅磚先生。」那名巨魔說。

紅磚先生站在月臺上對奧美先生吞吞吐吐的說：「這個嘛……話說我們稍早討論的哥布林問題，根據標準作業程序，這裡就是趕他們下車的絕佳地點。」

奧美先生有禮且堅定的回答：「紅磚先生，我不會再說第二遍——請你別再管那些哥布林了。」

紅磚先生雖然不太滿意，但也對他無可奈何，只好用力吹起口哨，朝著月臺大喊：「請各位乘客盡快上車！」

大家一擁而上，爭先恐後的登上火車。當群眾推擠著經過紅磚先生身邊時，他腰間的一大串鑰匙被擠掉在地上，相比眼前的亂象，紅磚先生根本無暇注意這種小事情，你趕緊把握機會，衝向前撿起鑰匙後馬上跑回車上。你沿著車廂內的走道奔跑，心臟瘋狂亂跳。

車上滿是準備返回包廂，或是把握機會為失魂落魄村留影的乘客，讓你無法繼續快跑，只能用手推開人潮，勉強加緊腳步，盡可能快速抵達吸血鬼包廂。你站在兩扇都掛著「史托克」名牌的包廂門前，其中一道門後傳出斷斷續續的說話聲，而你想確認的是另一間始終安靜無聲的包廂。

布蘭威爾用他的名字預訂了兩個包廂，無人使用的這間裡到底有什麼？你找到正確的鑰匙時，雙手仍不停顫抖，門應聲打開後，你仔細查看包廂內部。

包廂正中央有一個你非常熟悉的物品。雖然看起來像一臺老舊縫紉機，但你絕對不會認錯——它就是弗蘭肯芬的怪物製造機。

儘管你對於眼前的景象感到震驚，仍迅速退出包廂並把門鎖好，沿著走道往回走。火車已啟動，逐漸駛離車站。

在進入餐車車廂之前，你看到紅磚先生從遠處走來，神色慌張的東張西望。你悄悄把鑰匙扔在地上，若無其事的繼續往前走。他沒有發現你走過身邊，等你再走遠幾步，便聽到他歡喜的大喊：「啊！原來掉在這裡。」

你踏進餐車車廂，發現包特茲正一邊用溼抹布擦桌子，一邊喃喃自語：「梅是梅花的梅——」

突然，米可鳥姐妹從廚房裡衝了出來。

「哎喲！不要再擦桌子了，快來廚房幫忙！」火娜拉怒吼：「鍋子可沒辦法自己攪拌啊！」

「就是說啊！都是你忘記帶自動攪拌鍋，才會搞得一團糟。」布莉姬抱怨。

包特茲乖乖起身走進廚房，嘴裡說著：「包特茲幫幫忙——」

「他有什麼問題？」火娜拉傻眼的問。

「他很嫉妒那些迷你怪物，他們快要害他沒工作了。」

火娜拉注意到你，熱情的說：「哈囉！我的魔法朋友。你剛從失魂落魄村回來嗎？你看過所有的景點了？可惜，我還記得他們清理屍體前的景象，那時比現在有趣多了。」

「物價也便宜多了。」布莉姬說：「你知道現在一份燉牛肉有多貴嗎？」

「有誰提到食物嗎？你們在煮什麼好料？」克勞斯不知道從哪裡冒出來，直接衝進餐車車廂。

「你不會想吃的。我正在製作新的沉睡魔法藥水，好補足那些被哥布林偷走的量。」布莉姬說。

「是嗎？你明明就打算把藥水當成獻給蝙蝠男爵的禮物，但我覺得他不可能為此選擇接見你。」

「為什麼？」布莉姬看起來不太高興，「吸血鬼也可能有睡眠問題。」

「你覺得他們會因為棺材不好躺而失眠，或因為整晚咳嗽而睡不好嗎？」火娜拉幸災樂禍的大笑。

克勞斯插嘴道：「我很好奇弗蘭肯芬要送什麼禮物。不管那是什麼，我總感覺這是破解失蹤案的重要關鍵。畢竟以目前的局勢來看，不論是誰把他藏起來，那位嫌疑犯都增加了其他乘客見到蝙蝠男爵的機會。」

火娜拉大笑，「即便如此，你的嫌疑犯名單還是多如牛毛。車上有一半的乘客都希望能見到那個老吸血鬼。」

廚房門猛然被打開，三隻家務怪寶滾了出來，其中一隻獨眼的小怪物背了一大袋種子。

「讓怪寶幫忙……讓怪寶幫忙……」

「嘿！傑夫們。你們拿到火鳳凰的種子了？很好。」她摸摸家務怪寶的頭讚美道：「他們真是好僕役，不像某個又老又笨的大塊頭。」

你聽到包特茲在廚房裡發出一聲淒涼的嘆息。

眼見沒有食物，克勞斯對你說：「如果那些哥布林真的拿走了沉睡魔法藥水，我們應該去確認他們的目的究竟是什麼。」

你跟著克勞斯走出廚房，沿途遇到成雙成對正要前往酒吧的乘客，有些甚至精心打扮了一番。你看見惡煞梅塔迎面緩緩走來，臉上掛著厚重的妝容。她穿著一件用羽絨被套做成的大長袍，戴著一頂用燈罩製成的帽子。你們停在兩節車廂之間的空間，好讓塊頭較大的她先通過。她看了你一眼，不發一語的走過，帽子上的流蘇掃過你的頭頂。

行經遊戲室時，你們看到怪迪獨自坐在裡面，把玩一副繞著桌子跑的紙牌。此時火車外傳來某種生物的嚎叫，緊接著車頂響起一陣奔跑聲。這有點奇怪，因為火車早就駛過失魂落魄村，表示你們已經離開狼人窩的範圍了。

你不確定克勞斯是否聽見這些動靜，因此決定繼續往前走。當你們來到另一節車廂時，你發現一扇通往車頂的門。

克勞斯轉過頭，問道：「你為什麼不走？」

這似乎是個解開心中疑問的好機會，你要如何回答？

? 沒事。我們去找那些哥布林吧！

前往第124頁

睡吧！哥布林

? 克勞斯，我想我們必須先看看車頂上有什麼。

前往第118頁

悲痛的求救聲

悲痛的求救聲

克勞斯用你見過最誇張的表情說：「你要爬上行駛中的火車車頂？呃……你知道我相信你的直覺，但是……你真的確定嗎？」

你點點頭。你希望能拿出具體的證據，證明這個瘋狂行動的必要性，然而這份工作有時就得憑直覺行事。

「……好吧！」

他猛力拉開那扇門，一陣強風把你們向後推，幸好有克勞斯抓住你，你老闆那強壯高大的體格正是這種時刻的最佳靠山。

「我們走。」

你深吸一口氣後，率先踏出車廂，抓緊梯子往上爬，克勞斯則緊跟在後。

車外的氣溫極低，你握住梯子時，手指甚至會短暫黏住，讓行動既困難又痛苦。當你窩在溫暖的包廂往外看時，只覺得傍晚的天空沉悶又單調，此刻你在車廂外往上看，卻感覺天空似乎透著詭異的暗光。火車外面充斥著車輪撞擊鐵軌的刺耳金屬噪音，這應該是你擔任偵探助手以來最冒險犯難的一刻，你不禁暗自後悔剛才做出的選擇，讓自己置身險境。

爬上車頂後，環繞著漫長鐵軌的山脈終於顯露全貌，越來越近的源泉城堡在灰暗的天色襯托下顯得更陰森，就連兩側看似平凡無奇的松樹林，也從深處蔓延出未知的恐怖。

外西凡尼亞特快車不斷噴出黃色濃煙，行駛在刺骨的寒風中。

「我們要找什麼？」克勞斯對著你大喊。

你的注意力被某個東西吸引，而克勞斯沒有看見。就在一陣黃色煙霧遮蔽你的視線之前，有一抹紫色身影迅速竄到底下的車廂。你閉上眼睛，保護裸露在黃煙之下的雙眼，可惜來不及掩鼻擋住濃煙散發的臭氣，你不小心吸了一口，那股氣味直衝腦門，令你噁心想吐。當黃煙逐漸散去，那個紫色身影也不見了，它一定是躲在車廂之間，你只好抓住車頂的欄杆，勉強向前爬行。

「我不確定這究竟是不是個好主意。」

克勞斯低吼著警告你，但此時已經來不及回頭了。你的手指凍得像冰塊，移動的速度越來越慢，火車突然震了一下，恰好又吹起一陣強風，你的手不慎鬆開，身體瞬間不受控的向下滑。你試著抓住身邊的東西，手指卻因凍僵而幾乎無法彎曲，只能放任自己急速墜落！

你驚恐的放聲大喊。難道這就是你人生的終點？

不。

某個柔軟、毛茸茸的東西即時抓住你的手腕，你的身體撞上火車側邊，一陣疼痛傳來。太好了，得救了！

「抓住我的另一隻手，我把你拉上來！」

你抬頭望向救命恩人，本以為是克勞斯，沒想到對上的竟是紫色狼人的雙眼！你使勁抓向他的另一隻手，他一口氣把你拉上車頂，這時你才看到克勞斯，原來他抓住了狼少年的雙腿，避免你們倆一起滑落。

「修伊．嚎嚎？」克勞斯大喊：「你在車頂上做什麼？」

「我們先回到下面吧！」年輕的狼人回答：「你的朋友不像我們有皮毛，他看起來快凍僵了。」

他說得沒錯，你的身體正瘋狂顫抖。他們護著你攀下梯子，安全的回到車內。你趕緊蹲下，朝雙手呵氣，讓手恢復溫暖。

「修伊，到底是怎麼一回事？」克勞斯一頭霧水的問。

「弗蘭肯芬綁架了我媽。」修伊哀怨的回答。

「你在說什麼？失蹤的是弗蘭肯芬啊！」

「對，但我媽比弗蘭肯芬更早失蹤。啟程那天，我媽接到弗蘭肯芬的電話，請她去市議會一趟。」

「為什麼？」克勞斯問。

「他沒有說，既然他們是朋友……或者我誤以為他們是朋友，總之我和我媽一起去市議會，她讓我在大廳等她回來，獨自搭電梯到弗蘭肯芬的辦公室。我記得當時副市長剛好也在同一班電梯裡。」

「珊德拉．瑞瑪洛？」克勞斯挑眉問道。

「對。之後我媽就再也沒出現了，我到處尋找她的下落，卻處處碰壁。我只好跟蹤弗蘭肯芬，躲在火車車頂上伺機而動，我只是想找到我媽而已……嗷嗚、嗷嗚！」

修伊說完仰天長嘯，你終於明白，原來一路上聽到的淒厲狼嚎，都是修伊悲痛的哭喊。

突然，你們隱約聽到末端的車廂傳來另一聲嚎叫。

「媽？」修伊警覺的豎起雙耳。

「你是說她在這裡？」克勞斯驚訝不已。

修伊沒有回答，立刻轉身衝往最後面的車廂。

克勞斯盯著修伊的背影說道：

「我們應該跟上去。如果弗蘭肯芬真的綁架了翠莎．嚎嚎，也許這件事和他的失蹤有關。」

你們沿著走道前進，正好經過精靈夫婦的包廂。你是否應該趁現在，趕緊詢問珊德拉關於弗蘭肯芬和翠莎的事情？時間急速流逝，轉眼就要抵達源泉城堡，如今你所做的每個決定都至關重要！

？你是否贊同克勞斯的意見，認為你們應該跟著修伊？

前往第124頁

睡吧！哥布林

？或者你想去問問珊德拉有關她見到翠莎的情況？

前往第137頁

珊德拉的祕密

睡吧！哥布林

你一打開行李車廂的門，滿屋睡死的哥布林立刻映入眼簾，有幾個甚至鼾聲震天。在這個哥布林難得安靜下來的奇妙場景裡，一個紫色狼人將他媽媽緊緊抱在懷中。這不是你第一次見到翠莎・嚎嚎，變身為狼人的她很可怕，不過她現在已經恢復人形，虛弱的倒在滿目瘡痍的行李堆中，看起來毫無殺傷力。由她睡眼惺忪的模樣來判斷，她先前似乎陷入一場非常深沉的睡眠。此刻的翠莎正半夢半醒的睜開雙眼，逐漸從恍惚中清醒過來。

「我找到她了！」狼少年喜極而泣，「我終於找到我媽了！」

「修伊・嚎嚎和翠莎・嚎嚎。」克勞斯看著眼前的景象，說：「這場旅程真是充滿驚喜。」

「索……索斯塔？」翠莎揉揉雙眼，神情十分困惑。「我在哪裡？發生了什麼事？」

修伊馬上急著說：「幾天前，弗蘭肯芬綁架了你，我跟著他搭上外西凡尼亞特快車，這幾天一直待在車頂上，試著聞出你的位置，只是哥布林的氣味混淆了我的嗅覺，直到剛才聽到你的嚎叫……嗷嗚！」他再次發出一聲悲傷的狼嚎。

克勞斯先安撫翠莎，「請深呼吸。」接著對修伊說：「慢慢來，你媽還沒弄清楚狀況，我可以理解她的感受。每當我們覺得案情有所進展，情勢又會被突如其來的新線索帶往意想不到的方向。照目前的情形來看，夜間市長弗蘭肯芬綁架了翠莎．嚎嚎，而且我猜他一定雇用了扁扁阿嬤和她的哥布林孫兒們，要他們把翠莎藏在行李車箱。」他摸摸下巴做出推論。

你看到躺在一旁熟睡的扁扁阿嬤抽動了一下，手裡握著一個瓶子，上面的標籤寫著「血橙南瓜」。

「啊！我知道了。」克勞斯把所有線索拼湊起來，雙眼瞬間炯炯有神。「我敢說弗蘭肯芬絕對賄賂了奧美先生，讓他確保這些哥布林不會被趕下火車。只是弗蘭肯芬為什麼要綁架你媽媽呢？」

「我不知道。」修伊輕聲說，深怕嚇到大夢初醒的媽媽。

克勞斯走到扁扁阿嬤面前，大喊：「嘿！我有幾個問題要問你。」

「把它們放在垃圾桶旁。」扁扁阿嬤說著夢話。

「沒有用的。」修伊氣憤的說：「難道你們看不出來發生了什麼事嗎？這群哥布林餵我媽喝了沉睡魔法藥水，把她囚禁在這裡。」

「從這些傢伙的睡姿判斷，他們一定不小心喝了自己準備的藥水。」克勞斯邊說邊搖了搖扁扁阿嬤的肩膀，她仍然沒有反應。

「你們在說什麼？哥布林？哪裡？」翠莎昏昏欲睡的說。

克勞斯轉向你，皺眉說道：「我實在搞不懂這一切。」

就在這時，你的手指傳來一陣電流通過的酥麻感，讓你想起自己擁有魔法。你的魔力能否喚醒因魔法藥水而熟睡的哥布林？你望著緊握在手中的紙筆，自然的舉起雙手，全神貫注的從內心深處召喚能夠對抗沉睡魔藥的力量——你的指尖迸出了小火花！

修伊環抱住翠莎，保護她不被火花噴到。他現在才知道你會使用魔法，忍不住擔憂的問：「呃……你確定知道自己在做什麼吧？」

你也希望自己有十足的把握，但此刻你所做的一切幾乎都受直覺驅使，因此實在不敢保證。你試著在腦海中翻找所有能提神醒腦的事物，包括鬧鐘、震耳欲聾的噪音、往臉上潑水等。你用手中的筆指著眼前的扁扁阿嬤，心想如果能找到專屬於自己的魔法傳導棒，事情也許會容易得多。你閉上眼睛，突然感覺到有一股力量像閃電般從你的指尖迸發出來。

「什麼？嘿！別碰它！」扁扁阿嬤突然直挺挺的坐起來，似乎完全清醒了。

克勞斯朝你微笑，「你成功了！」他本來想和你擊掌慶祝，然而他一看到火花仍在你的指間跳躍，便馬上縮回了手。

扁扁阿嬤揉揉眼睛，問道：「發生了什麼事？我記得的最後一件事是，我們都喝了這瓶南瓜……」

她拿起手上的瓶子，發現標籤已經脫落，露出底下的字樣：「米可鳥的夜夜昏睡魔法藥水」。「看來調皮的孫子對我惡作劇。哈！他們也整到自己了。」她環顧滿車廂昏睡不醒的小哥布林後，大笑出聲。

「遊戲結束了，扁扁阿嬤。我們知道你受雇於弗蘭肯芬，把翠莎．嚎嚎關在這裡。」克勞斯說。

「翠莎．嚎嚎？」扁扁阿嬤裝傻的跟著克勞斯複誦，眼神飄向狼人母子。

雖然翠莎的腦袋仍然昏昏沉沉，但她一聽到自己的名字，立刻喃喃說道：「我們要去請求男爵的允許……」

「喔！好吧！」扁扁阿嬤聳了聳肩說：「現在否認也沒用了，對吧？沒錯，弗蘭肯芬付錢請我們替他看管這個狼人。」

「協助綁架並軟禁一個無辜的狼人，這應該是你做過最齷齪下流的事了！」克勞斯嚴厲的指責扁扁阿嬤。

「是啊！這個嘛……自從弗蘭肯芬的家務怪寶搶走所有的工作之後，這大概是我們唯一能找到的差事了。」

「你承認自己對弗蘭肯芬有所抱怨嘍？」克勞斯問。

「大家都對那個男人很不滿，只要和他相處過，大概沒有生物能忍住不抱怨他。」

「這麼做的理由是什麼？」克勞斯問。

「我告訴過你了，為了賺錢。」扁扁阿嬤回答。

克勞斯搖搖頭，「我指的是，為什麼弗蘭肯芬要綁架翠莎．嚎嚎呢？」他低頭沉思。

你也在納悶著同一件事，於是你掃視四周，企圖找到蛛絲馬跡。你看到車廂角落的其中一個行李箱是打開的，裡頭的書籍和文件散落滿地，兩個小哥布林正在書堆上呼呼大睡。

「我不知道弗蘭肯芬為什麼要綁架她，我也沒問。哥布林沒什麼好奇心，會這麼雞婆的是小精靈才對，你們搞錯對象了。」扁扁阿嬤說。

「莫非翠莎．嚎嚎是弗蘭肯芬要送給男爵的祕密禮物？」克勞斯突然做出這個驚人的推測，「如果我們能順利喚醒她，就可以知道事情的來龍去脈了。」

「不要靠近她！」修伊充滿防備的說：「我不希望你把魔法用在我媽身上。」

「珊……珊德拉．瑞瑪洛？你在這裡做什麼？」翠莎仍喃喃說著夢話。

「她尚未完全恢復記憶，我想我們最好去和副市長談談。」克勞斯看著緊抱母親的紫色狼少年，決定將目標轉向正在度假的珊德拉。

你認為現在應該先去調查哪一位嫌疑犯呢？

？你是否應該聽從克勞斯的建議，去質問珊德拉．瑞瑪洛？

前往第137頁

珊德拉的祕密

？或者有其他原因，讓你覺得應該先去找法老拉美帝帝？

前往第131頁

法老和預言

法老和預言

你隨著火車的節奏搖搖晃晃走過每一節車廂，望向窗外血紅色的天空，這是你第一次如此遠離家鄉。車輪和車廂的每一次摩擦碰撞，都帶著火車一步步靠近源泉城堡和它那位古老、神祕且令人顫慄的吸血鬼城主。這班列車上的許多乘客莫不期待能被男爵接見，而你偏偏是那個完全不想見到他的少數。

「狼人和吸血鬼之間有什麼關聯？」克勞斯一邊走，一邊自言自語：「他們之間的糾葛和弗蘭肯芬的失蹤有關嗎？即使弗蘭肯芬貴為夜間市長，綁架一個無辜的狼人也必須受到嚴厲的懲處。他為什麼要冒著風險做出這種事呢？希望法老可以替我們解惑。」

克勞斯敲了敲法老拉美帝帝的包廂。

「請進。」法老大喊。

法老拉美帝帝站在一塊寫滿字的黑板前，喬琳．陶德惠索無精打采的坐在旁邊的扶手椅，她頭上那窩彩色毒蛇已經睡到打呼。

「請看這裡，」看來法老正在上課，「所有吸血鬼的血源都可以追溯到第一位吸血鬼……」

他停下來等候喬琳說出那個名字，喬琳卻聳聳肩說：「誰在意啊？」

一旁的克勞斯舉起手。

「請說。」法老暫時放棄喬琳，轉向克勞斯。

「第一位吸血鬼是蝙蝠男爵。」他回答。

「正確答案。」法老拉美帝帝高興的拍手。

「老師的馬屁精。」喬琳朝克勞斯做了個鬼臉。

「學習本來就是有趣的事。」法老正色回應喬琳的抱怨。

喬琳用口香糖吹出一個大泡泡，直到泡泡脹破驚醒了她頭上的毒蛇，牠們嘶嘶吐著蛇信，繼續睡回籠覺。

「我有一個問題。」克勞斯再次舉手。

「請說。」法老拉美帝帝用熱切的眼神看著克勞斯。

「我想知道，狼人和吸血鬼之間有什麼關係。」

法老拉美帝帝對於這個問題大感興奮，立刻滔滔不絕的說：「許多專家都在研究這兩個族群的共同之處。你知道歷史記載上，狼人和吸血鬼首次出現的時間是一樣的嗎？而且地點居然都在外西凡尼亞！這些驚人的巧合讓學者們相信，他們肯定有著某種關聯。」

「吸血鬼和狼人不是勢不兩立嗎？」克勞斯問。

「近親之間心懷怨懟，並非聞所未聞。」法老面帶微笑的對喬琳說，喬琳則翻了個白眼回敬。

「那麼……蝙蝠男爵為什麼會想要一個狼人作為禮物？」克勞斯冷不防拋出這個驚人的問題。

「我不知道你是什麼意思。」法老一邊思索著克勞斯的提問，一邊搔著他身旁的腦罐。

「我們推測，夜間市長弗蘭肯芬綁架了狼人翠莎·嚎嚎，想把她當成禮物送給蝙蝠男爵。」

「這個問題，也許你應該去問布蘭威爾．史托克。」喬琳的臉上掛著一抹不安好心的笑容。

「為什麼？」克勞斯又問。

「不為什麼。」她轉過頭去讓你們自己傷腦筋。

「我想可能和預言有關。」法老拉美帝帝沉吟一會兒，若有所思的說。

「什麼預言？」克勞斯問。

「喬琳可以告訴你，」法老抓到機會教育的好時機，把話題拋給自己的學生，「我們今天早上才談過這個話題。」

喬琳再度吹出一個口香糖泡泡，她頭上的一尾毒蛇把泡泡戳破。「喔！是啊！有一則古老的預言，真的超──級古老，而且超──級有趣。」

法老惱怒的嘆了一口氣，親自揭曉答案。「多年來，狼人和吸血鬼很有默契的保持距離。據說，源泉城堡地下室的牆上寫了一則預言，內容是總有一天，一個狼人將來到城堡，化解這兩個族群之間的鬥爭。」

「弗蘭肯芬知道這件事嗎？」克勞斯問。

法老拉美帝帝回答：「當然。魔具珍寶博物館下週即將開幕的吸血鬼特展，就提到了這則古老的預言，弗蘭肯芬曾以夜間市長的身分參加特展記者會，我相信他收穫不少。」

「沒錯，我奶奶對他的擅自來訪不是很高興。」喬琳插嘴說道。

克勞斯摸摸下巴，開始推理：「也許弗蘭肯芬覺得自己可以實現預言。我能理解他想把握這個大好機會，可是我沒想到，他居然綁架無辜的避風鎮市民來達成目的，真是太過分了！」

法老拉美帝帝發現對話已偏離他所愛的歷史主題，便禮貌的對你和克勞斯說：「不好意思，如果沒有別的事情，我和喬琳要繼續上課了，接下來還有許多課程要學習呢！」

「棒透了。」喬琳用力嘆了一口氣。

「謝謝你們的寶貴時間。」克勞斯點頭向法老致意，轉身離開包廂，你跟著他一起走了出來。

「我們是不是應該去找吸血鬼布蘭威爾．史托克，聽聽他對狼人綁架案和那則預言有什麼看法？」一踏出包廂，克勞斯馬上徵詢你的意見，看來他迫不及待想追尋新的線索。

你們在兩節車廂之間討論下一步搜索時，惡煞梅塔從另一頭走了過來。她鮮紅色的唇膏有點暈開到嘴脣外，步伐十分輕快。當你們擦肩而過時，惡煞梅塔不發一語，卻對你們露出少女般的甜蜜微笑。她的怪異行徑讓敏銳的克勞斯頓時有了不同的想法。

「我從沒看過她如此雀躍的神情，更何況她的丈夫目前下落不明，實在太可疑了！」克勞斯問：「也許我們應該先去看看她要做什麼？」

？你想去拜訪史托克嗎？

前往第142頁

史托克的魔術撲克

？或者你想先去追查惡煞梅塔？

前往第148頁

重新配對

珊德拉的祕密

當你們走近瑞瑪洛夫婦的包廂時，深紅色的落日餘暉灑落在走道，夕陽把你的影子投印在牆壁上。根據先前這對夫妻的說詞，珊德拉・瑞瑪洛是為了和丈夫奈傑爾共度二次蜜月，才搭上外西凡尼亞特快車。然而在你們獲得更多線索之後，你開始懷疑珊德拉此行的真正目的。

克勞斯說：「一直以來，珊德拉・瑞瑪洛的確野心勃勃，不過她真的會參與翠莎・嚎嚎的綁架案嗎？」他停下腳步，試著理清頭緒。「這件事和弗蘭肯芬的失蹤又有什麼關聯？」

克勞斯敲了敲精靈夫婦的包廂門，但是沒有回應。

「我猜他們可能去吃晚餐了，或是在酒吧裡。」

你和克勞斯前往餐車車廂，依舊沒看到瑞瑪洛夫婦。你們轉往隔壁車廂，在裝飾著天鵝絨壁紙和華麗燈具的酒吧裡繼續尋找，也順道觀察不同種族的乘客在這裡如何打發時間。三個小精靈在玩骨牌，兩位巨魔在對戰橋牌，一名巫師窩在沙發上，慵懶的讀著最新發行的《異常生物日報》。

你總算看到奈傑爾和珊德拉了。他們坐在吧檯邊的高腳椅上，奈傑爾點了一大杯啤酒，珊德拉則是香檳。

「啊！是大偵探和他忠實的人類助手，兩位還好嗎？」奈傑爾向你們打招呼。

克勞斯點頭致意，馬上表明來意。「我們的調查已有進展，只是希望能和副市長確認幾個重要細節。」

「如果你們想討論公事，很抱歉，我正在度假，不方便回應。」身穿黑色長禮服、戴著垂墜耳環的珊德拉，與平常的女強人模樣天差地遠。

「我了解。可是我們剛剛得知，最近失蹤的不只弗蘭肯芬。翠莎·嚎嚎在火車出發前就不見人影，而你當時正在犯罪現場。」克勞斯嚴肅的說。

「翠莎？你說那個狼人？」她問道。

「是的，她兒子懷疑她被帶上這班車，便跟了過來，並且一直在車上找她。」

「呃……這麼一說，我似乎曾在市議會辦公室看到她。」珊德拉含糊的說。

「真的嗎？你怎麼沒提過這件事？」奈傑爾皺眉看著有所隱瞞的妻子。

現任市長失蹤，象徵史托克的勝利？
記者／格雷琴·泡巴
夜間市長弗蘭肯芬神祕失蹤，他的競爭對手有望成為避風鎮下任夜間市長。

「我覺得這是微不足道的小事，我們就只是一起搭電梯前往低樓層。和一位狼人訪客共乘電梯，應該沒有違法吧！」

「你和她有交談嗎？」克勞斯問。

「我們應該有彼此問好，她說要去見弗蘭肯芬。」

「你知道她後來發生了什麼事嗎？」

「我以為她回家了。」珊德拉的表情不太自然。

奈傑爾轉頭瞪著妻子，「你的耳朵在抽動。你只有在說謊時，才會出現這種反應。你該不會帶著工作來度假吧？你答應過我不碰工作的。」

「我沒有。」珊德拉矢口否認，耳朵卻抖得更厲害了。

奈傑爾厲聲問道：「你在隱瞞什麼？是你今天早上和弗蘭肯芬談的事情嗎？」

「當然不是！我說過了，會和弗蘭肯芬同車只是個不幸的巧合。」珊德拉對丈夫解釋後，狠狠瞪著破壞氣氛的克勞斯。

克勞斯毫不畏懼的追問：「我相信一切都有關聯。上次在學校見到弗蘭肯芬和翠莎時，他們的互動還算融洽，後來到底怎麼了？」

「我不確定，有傳言說，她和某個吸血鬼之間……」珊德拉欲言又止。

「什麼？誰？」克勞斯激動的問。

「你們問夠了吧！」奈傑爾忍不住氣得大喊：「我說過很多次，我們正在度假，每分每秒都很珍貴！我們夫妻和弗蘭肯芬的失蹤沒有半點關係，現在請你們離開！」

克勞斯和你只好轉身離開，他邊走邊詢問你的想法。「時間越來越緊迫，我們就快抵達源泉城堡了，究竟是誰掌握了這樁謎案的關鍵？」

？你想回頭調查怪物妻子惡煞梅塔的行蹤嗎？

前往第148頁

重新配對

？或者你應該去找吸血鬼布蘭威爾·史托克談談？

前往第142頁

史托克的魔術撲克

史托克的魔術撲克

你推開遊戲室的門，看到布蘭威爾．史托克戴著遮陽帽，跟他兒子鮑比．史托克和怪迪．弗蘭肯芬一起坐在桌邊玩撲克牌。室內燈光昏暗，桌子附近唯一的照明只有上方的一顆燈泡。布蘭威爾手腳俐落的在洗牌，三個玩家面前都堆了一些塑膠籌碼。

「你們在玩什麼？」克勞斯走過去攀談。

「魔術撲克。」布蘭威爾回答，並指著一張空椅子。「你想加入我們嗎？」

克勞斯大方坐下，你則站在克勞斯身後。等你們就定位，布蘭威爾將一把籌碼推到克勞斯面前說：「拿去吧！你可以用我贏來的錢。」

怪迪和鮑比互看一眼。你注意到他們倆的籌碼比布蘭威爾少很多。

「我不知道玩牌對尋找怪迪的爸爸有什麼幫助，不過還是很歡迎你加入戰局。」史托克嘲諷道。

「除非你就是那位綁架犯。」怪迪聽他提到了爸爸，毫不畏懼的說出心中的想法。

史托克朝怪迪微笑，「年輕又勇敢的小弗蘭肯芬，你爸爸和我的確是政敵，但是除了攻擊和咒罵，我們也互相尊重。」

「如果你尊重弗蘭肯芬，為什麼要偷走怪物製造機呢？我們知道你把它藏在另一間包廂裡。」克勞斯冷不防的提問。

「我……」布蘭威爾正要解釋，卻被怪迪打斷了。

「你偷了我爸的怪物製造機？」怪迪說：「太好了！我希望你把它砸個粉碎，那東西只會帶來麻煩。」

克勞斯保持沉默。你想起他曾經傳授過的辦案祕訣——當案情陷入膠著時，只要在一旁不動聲色的觀察，讓嫌疑犯主動露出馬腳，便有機會一舉偵破案子。

「我們繼續玩牌吧！」布蘭威爾改變了話題。

他先發給每人三張牌。你看到克勞斯的牌，上面的圖案並非你熟知的黑桃、紅心、梅花和方塊，而是匕首、煉藥鍋、腎臟和黑暗水晶。國王、皇后和騎士則成了巫師、女巫和精靈，他們在紙牌上不停晃動，甚至對你擠眉弄眼。

「請記住，在這個遊戲中，吸血鬼的位階最大，狼人是百搭的變化牌。」布蘭威爾為你們解釋規則。

「你說得沒錯。」門口響起了一個聲音。

你轉過頭去，發現修伊．嚎嚎正扶著他媽媽站在門口。翠莎．嚎嚎仍一臉茫然，而且得使盡全力才能站穩腳步。

「修伊！翠莎！原來你們在這裡！是誰這樣對待你？親愛的。」布蘭威爾心急的甩掉手中的撲克牌，從座位上跳起來衝到她身邊。

克勞斯轉向你，挑起一邊的眉毛，示意你看看翠莎的手，原來她左手無名指上戴著一枚鑲著蝙蝠造型鑽石的戒指。「布蘭威爾．史托克和翠莎．嚎嚎？真讓人意外。」他說。

布蘭威爾小心攙扶翠莎在椅子上坐好，動作出奇的輕柔。「我們細心呵護這段戀情是有苦衷的。吸血鬼和狼人自古以來就是死對頭，但是在過去幾個月，翠莎和我漸漸對彼此產生好感。」

「爸……」鮑比彆扭的哀叫。

「喔！小布，是你嗎？」翠莎睜開迷濛的雙眼，對他微笑。

「媽……」修伊乾脆摀住眼睛。

「火車發車時你沒有出現在車站，我以為你後悔了。」布蘭威爾說。

「其實，你的另一間包廂是要留給翠莎和修伊？」克勞斯恍然大悟。

「是的。」布蘭威爾深情的望著翠莎，點頭承認。

「弗蘭肯芬知道這件事嗎？」克勞斯問。

「不。」布蘭威爾嚴肅的回答：「我們盡可能不讓其他生物知道這件事。我和翠莎都希望得到蝙蝠男爵的祝福後，再公開戀情。根據預言，有一位狼人將會造訪源泉城堡，化解吸血鬼和狼人之間的敵意，讓雙方和平共存。我認為翠莎很有可能就是那個狼人。」

「沒錯。」翠莎．嚎嚎點點頭。

「哇！」克勞斯故意驚呼一聲，嘲諷的說：「我猜，這件事應該會為你爭取到不少選票吧？」

「我們的戀情和選舉無關！」布蘭威爾厲聲駁斥雪怪的說法，「我不認為公開關係會產生任何影響。況且，為什麼我不能為市民起身反抗弗蘭肯芬？那傢伙簡直糟透了！」

修伊忿恨的說：「他綁架了我媽，又付錢給哥布林，要他們用魔藥讓她昏睡，把她軟禁在行李車廂！」

「我不信任他的家務怪寶。」鮑比跟著附和。

「總之，那個男人對大家都是威脅。」布蘭威爾做出結論。

「也許他發現你們想結婚，才特地製造這些風波，好讓你無心選舉？」克勞斯提出另一個假設。

「我爸不曉得他們的戀情。」儘管怪迪對爸爸也有諸多不滿，仍公正的為他澄清事實。

「更有可能的是，弗蘭肯芬以為只要他把翠莎當作禮物獻給蝙蝠男爵，就能夠實現那則古老的預言。」布蘭威爾說。

克勞斯聽完後看了看你的筆記，試著找出關鍵。

「布蘭威爾偷走了弗蘭肯芬的怪物製造機，而弗蘭肯芬綁架了布蘭威爾的未婚妻。這些資訊要怎麼幫助我們找到他呢？我們是否遺漏了什麼？」

「不論如何，我希望你們明白，我絕對沒有綁架他。」布蘭威爾握著翠莎的手，認真的說。

「他說的是實話。火車啟程後，我一直躲在車頂上，觀察車內的動靜。布蘭威爾每天早上都會變成蝙蝠飛出去，直到午餐時間才回來。」修伊說。

克勞斯對你說：「這起案子似乎還有其他謎團，不過我們得先查出弗蘭肯芬的下落。現在回包廂整理線索，縮小嫌疑犯的範圍吧！」

前往第157頁
蜘蛛網的中心

重新配對

「讓怪寶幫忙……讓怪寶幫忙……」

「別擋路！」克勞斯對著一群家務怪寶大吼。他們正推著一個巨大的推車，上面疊著幾乎快貼到車廂天花板的床單，幾個家務怪寶擠在床單裡，手上拿著清潔噴霧、馬桶刷和海綿等工具。

「到處都是這些討厭的小東西。」他低聲抱怨。

你們回到熟悉的餐車車廂，車廂內的燈光已調暗，耳邊傳來悠揚的鋼琴聲，每張餐桌都換上乾淨的桌布，搭配一盞柔和的燭光。在這個浪漫場景的角落裡，惡煞梅塔獨自坐在桌前。

「這幅景象還真是不可思議，」克勞斯環顧四周說：「沒想到這趟旅程竟然有如此浪漫的一刻。」

你踏進車廂內部，看見包特茲正坐在一張對他來說顯然太矮小的鋼琴椅上，彈奏著簡單優美的曲調，惡煞梅塔則深深沉醉在音樂中，一隻腳隨著節奏打拍子，臉上流露出少女般的幸福微笑。

「抱歉，打擾了。」克勞斯上前說道。

她瞬間清醒，抬頭注視克勞斯，你注意到一絲慌亂掠過她的臉龐。這時，你身後的一扇門打開，原來是紅磚先生走了進來。這位地精乘務員也和平常大不相同，他換下了制服，改穿上體面的黑色西裝和亮白襯衫，並慎重的繫上領帶。他的頭髮用髮膠往後梳得油亮整齊，全身上下散發出一股濃濃的香水味。

「啊！是索斯塔和他的人類助手。如果你們有什麼問題，很抱歉，我現在不在值班時間喔！」他笑著對你們說。

「我看得出來。」克勞斯帶著一抹看好戲的微笑回應。

惡煞梅塔的桌上有兩只斟滿紅酒的玻璃杯，紅磚先生在她對面坐下，主動拿起其中一只杯子說：「在經歷了這些風波後，我想你會需要喝一杯來提振心情。」

「你真好。我……」惡煞梅塔說。

「不，不。別再這麼說了。」紅磚先生制止她繼續說下去，並溫柔的拍了拍她的手。

「原來你們已經變成好朋友了嗎？」克勞斯饒富興致的看著似乎正在曖昧中的女怪物和矮地精。

「不，不是，你誤會了。我們幾乎不認識彼……」惡煞梅塔想要解釋，卻被紅磚先生打斷。

「是的。愛情有如旋風般轉瞬即至。」他用自己的杯子輕碰惡煞梅塔的酒杯，深情的望著她。「自從我陪她在失魂落魄村散心後，就更加了解彼此。」

「你好像不太在乎失蹤的弗蘭肯芬了。」克勞斯問道：「我以為在火車抵達源泉城堡前，最重要的當務之急是找到他？」

「當、當然還是非常緊急啦！男爵說不定正等著要接見他。」紅磚先生尖聲辯解：「不過在這多事的夜晚，我們還是可以用一些正向的事物來鼓勵自己。」

「例如，和失蹤者的妻子共進燭光晚餐？」克勞斯毫不掩飾的挖苦。

鋼琴突然發出一個刺耳的和弦。

「抱——抱歉。」包特茲說。

惡煞梅塔抬頭看了看包特茲，他又繼續彈奏鋼琴。

「由於愛上受害者的妻子而想除掉受害者……世界上還有比這更充分的犯案動機嗎？」克勞斯問。

「我們是在弗蘭肯芬失蹤之後才認識彼此。」他反駁。

「紅磚先生……」惡煞梅塔再次試著插話。

「不、不，請你叫我蠻牛，親愛的。別擔心，我們的心自己最清楚。」紅磚先生痴情的望向惡煞梅塔的雙眼。

惡煞梅塔說：「可是我有兩顆心，而且……」

「而且兩顆心都裝滿了對我的愛！我非常清楚，親愛的。」

克勞斯望著互動微妙的兩個生物說：「真是有意思的一對。惡煞梅塔，請問有生物可以證明你早餐到午餐之間的所在位置嗎？」

「呃……沒有。煩惱的表情。皺眉頭。」

「別煩她！」紅磚先生馬上挺身而出，「你們搞錯重點了吧？火車即將抵達城堡，你們應該有更緊急的事情要處理。」

「再也沒有祕密。我……」惡煞梅塔似乎下定決心要說什麼。

紅磚先生再次打斷她，拍胸脯保證道：「不要擔心，只要一找到弗蘭肯芬，我就會告訴他實話。」

「實——實話。」包特茲在鋼琴前低聲覆誦。

「夠了，你專心彈琴吧！這又不干你的事。」紅磚先生瞪了包特茲一眼，「看到了嗎？索斯塔先生，我們唯一的罪行就是彼此相愛。」

「這太超過了！」惡煞梅塔忽然站起身來，打翻了桌上的酒杯，紅酒因此染上紅磚先生的西裝。

「拜託，親愛的，別生氣……看看你們做了什麼好事！你們讓她不開心了。」

紅磚先生憤怒的遷怒你們，難掩失望的衝出車廂。

你仔細聆聽包特茲彈奏的琴聲。

「他彈得不錯，對吧？真不知道是從哪裡學來的。」有個聲音從你身後傳來，你轉過頭去，原來是火娜拉和布莉姬。

「我猜他身體的某個部分可能來自鋼琴家。」布莉姬推測。

火娜拉若有所思的附和道：「他對音樂的鑑賞力的確不錯，彈鋼琴時總是情感充沛。」

「你不覺得奇怪嗎？我不記得在製造他的時候，有賦予他情感吔！」布莉姬疑惑的說。

「也許是他自己發展出來的。經過這段時間的觀察，我可以肯定他的身體裡住著一個感性的靈魂。」火娜拉看著失魂落魄的包特茲說。

克勞斯忽然發現布莉姬的手上端著一個盛滿點心的托盤，立刻垂涎三尺的問：「可以讓我抓一把來塞牙縫嗎？」

她惡狠狠的推開克勞斯的大手，「不行！這些不是給你的。傑夫們！」她轉身大叫。

一群家務怪寶馬上推開廚房門跑了出來。

「讓怪寶幫忙……怪寶幫幫忙……」

「把這一盤送到遊戲室給史托克先生。」個頭嬌小的家務怪寶們頂住托盤，很快就消失在走道盡頭。

火娜拉轉頭看著妹妹指使家務怪寶時，忽然發現了什麼。「你為什麼把頭髮弄得像要去選美？」

「你在胡說什麼？」布莉姬下意識摸了摸特意梳理過的頭髮，滿臉通紅。

「你以為自己可以拜見蝙蝠男爵嗎？老實說，如果你的頭髮沒有這麼可怕，或許還有機會。」火娜拉哈哈大笑。

「你只是嫉妒我的美貌！」布莉姬氣得還嘴。

「對，你一直都很美，可惜沒有生物懂得欣賞。」火娜拉回嗆：「你必須喝掉半桶祈願水，才能說服某位巫師和你約會。」

「祈願水？菜單上有這個品項嗎？」克勞斯問道。

「當然沒有！唯一能找到祈願水的地方，是蝙蝠男爵的地下室。」火娜拉用看蠢蛋的神情瞥了克勞斯一眼。

布莉姬被火娜拉的話傷了心，又氣又難過的瞪著她，包特茲見狀便從鋼琴椅上起身，蹣跚的走到她身邊，用一隻手臂摟住她的肩膀。

「我們每個人都值得愛——愛。」他低聲安慰布莉姬。

「謝謝你。」布莉姬·米可鳥難得對包特茲流露出感激之情，輕拍他的手回禮。

「看來我們該行動了。」克勞斯放棄吃點

心，對你說：「現在應該回到包廂，仔細整理目前的進度嗎？還是要先去突襲吸血鬼布蘭威爾·史托克呢？」

? 你們應該先回到自己的包廂，整理蒐集到的線索嗎？

前往第157頁

蜘蛛網的中心

? 或者先去遊戲室，探探布蘭威爾·史托克的口風？

前往第142頁

史托克的魔術撲克

蜘蛛網的中心

你窩在窄小的雙人包廂，一邊享用捧在手中的熱巧克力，一邊看著克勞斯釘在牆上的乘客名單。你們一直都是共享所有線索，如今克勞斯已準備好要統整失蹤案的進度。

「這班車上的某個生物就是綁架弗蘭肯芬的罪犯，目前手邊的資料顯示：一、我們仍不知道誰是這次的委託人。二、紅磚先生是最先通知我們弗蘭肯芬失蹤的生物。」克勞斯把蠻牛．紅磚的名字圈起來。

「身為火車乘務員的紅磚先生保證他已經檢查過所有包廂，也告訴我們，弗蘭肯芬最後被看到出現在餐車車廂裡。而弗蘭肯芬的政敵布蘭威爾．史托克，也脫不了涉案的嫌疑，他不但有犯案動機，也有下手的機會，不過……」

你就著杯緣再吞下一口熱巧克力，靜靜聽著老闆的推論。

「布蘭威爾．史托克是個聰明又狡猾的老狐狸……不，是老蝙蝠。如果他想除掉弗蘭肯芬，一定會經過長時間精心策畫，不會讓自己淪為頭號嫌疑犯。」克勞斯直接畫掉了布蘭威爾．史托克的名字。

「我的直覺告訴我，這是一樁臨時起意的犯案，也許是弗蘭肯芬家的某個成員一時衝動而鑄成的大錯。」他圈起惡煞梅塔的名字。

「或者是他的某位工作夥伴想趁機除掉他，以拓展自己的大好前程。」他在珊德拉．瑞瑪洛的名字後面打了一個問號。

「珊德拉．瑞瑪洛有能力制伏一個比自己高大的男人嗎？她的丈夫奈傑爾雖然比她強壯，但我們還無法確定他是否有犯案動機。」

你翻閱自己的筆記，裡面詳細記載著目前為止蒐集到的每一條線索。你還沒看完，克勞斯已經快速的分析到下一個嫌疑犯。

「陶德惠索館長一向為了博物館的未來，公然對抗弗蘭肯芬，犯案動機毋庸置疑。只是有強烈到必須對弗蘭肯芬下手嗎？這麼一來，她的旅伴法老拉美帝帝在案件中又扮演什麼角色呢？」

克勞斯把名單上的名字一個個連起來，最後畫出了一張像蜘蛛網的圖，失蹤的弗蘭肯芬就在蜘蛛網的中心。

「還有哪些線索是我們沒注意到的？除了弗蘭肯芬之外，所有嫌疑犯的共同點是什麼？」

克勞斯自問自答，在弗蘭肯芬的名字下寫了「蝙蝠男爵」。

「這位古老的吸血鬼究竟是一個怎樣的大人物？現在聽來，幾乎每個生物都想見他，他這次會選擇接見誰呢？還有一個在弗蘭肯芬失蹤之前就有的疑問——我們為什麼搭上這班列車？到底是誰雇用了我們？難道是弗蘭肯芬嗎？不論是誰，為什麼遲遲不願現身？委託人是否早已預料到會發生這些事？現在和我們同車的有女巫米可鳥姐妹、包特茲、哥布林大家族、狼人母子、吸血鬼父子、弗蘭肯芬的家人，以及他製造出的家務怪寶，這些生物和失蹤案有關係嗎？更重要的是，弗蘭肯芬是否還在車上呢？」

面對種種未解之謎，他嘆了一口氣。這時，擴音器再度傳出奧美先生的聲音。

「各位乘客您好，我是本車的駕駛員奧美。外西凡尼亞特快車即將抵達源泉城堡，在此提醒下車的旅客，由於行李車廂不久前遭逢『哥布林災難』，請務必仔細確認寄放的行李是否完好無缺。」

你望向窗外，源泉城堡已近在眼前。豪華又陰森的城堡座落在陡坡，周圍是一片密林，哥德式建築裝飾著許多奇怪的雕塑，有些在高塔上，有些在窗臺邊，屋簷上還有一些長相怪異的滴水嘴獸。他們的眼球跟著火車的行進移動，在蒼白的月光下凝視著你們。

你低頭查看筆記本，發現你曾經寫下一個問題。

弗蘭肯芬還在火車上嗎？

你盯著自己的字跡，一陣頭暈襲來，但很快又恢復清醒。你感覺到空氣中充滿著魔法，自然的用筆輕敲了筆記本，筆尖馬上冒出小火花，顯然

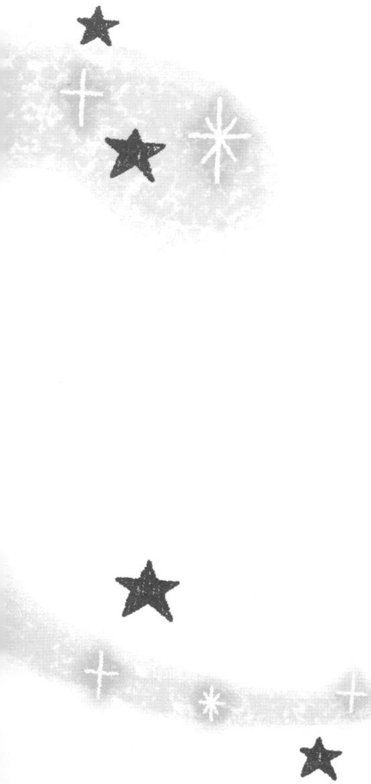

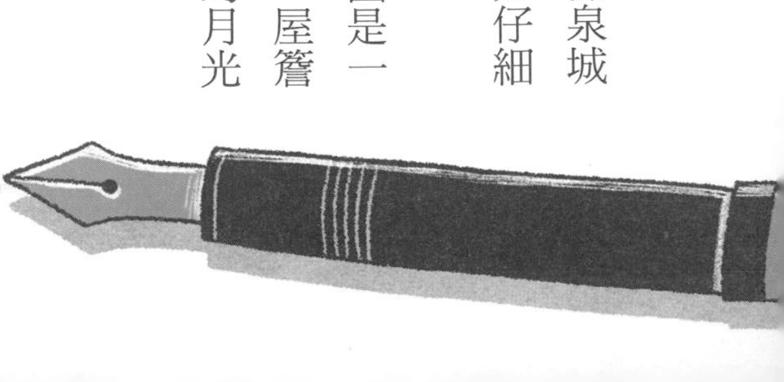

你體內的魔法正試圖解開這個問題。你想起火娜拉帶你上過的魔法課程，於是閉上雙眼，繼續用筆輕輕敲著筆記本。

克勞斯看著你，知道你正在使用魔法，便不打擾你。火車緩緩停靠在城堡旁，你睜開雙眼，發現本子上浮現一個字。

這個字就是問題的答案。你看到了什麼呢？

?本子上的字是（是）。
前往第162頁
赫基爾博士

?本子上的字是（否）。
前往第167頁
假博先生

赫基爾博士

你的筆寫出**是**，克勞斯從你身後看到這個字，立刻明白它所代表的涵義。他微笑表示：「我一直都知道你很特別，而且是在你擁有魔法之前，甚至早在你接下這份工作之前。」他拍拍你的背，「現在沒有時間耽擱了。如果弗蘭肯芬還在火車上，他會被藏在哪裡？他還活著嗎？也就是說，保證搜查過每間包廂的紅磚先生說了謊？或者他遺漏了什麼地方？」

克勞斯一邊來回踱步，一邊自言自語，這時車廂裡再度傳來廣播。

「各位乘客，請務必由右側車門下車，以免跌落左側的懸崖。」奧美先生貼心給予提醒。

「我們的火車之旅結束了，我有預感這次的調查也將告一段落。」

你跟著克勞斯離開包廂，走向最近的車門。布蘭威爾・史托克和翠莎・嚎嚎已經站在門邊，他們的孩子鮑比和修伊則緊跟在後。

「不管弗蘭肯芬在哪裡，他都必須為了傷害你付出代價。」布蘭威爾心疼的牽著翠莎，陰狠的宣示。

「拜託，現在先別提這些好嗎？」翠莎皺著眉說。

「抱歉。」吸血鬼溫馴的低下頭。

火車完全靜止後，乘客開始拎著行李陸續下車。這座位於山頂的車站，以扭曲的柱子撐住的紅磚屋頂上，盤踞著模樣怪異的有翅生物。你踏出車外，站上點著燈籠的月臺，迎賓致辭隨即響起。

「哈囉！各位外西凡尼亞特快車的乘客，請看過來！」一位高瘦的俊美男士對著大家喊道。他身穿燕尾服，右手拿著一個綠色瓶子。

「我是赫基爾博士，是蝙蝠男爵的得力助手，歡迎來到源泉城堡！首先，向各位說明此行的注意事項。源泉城堡建造在陡峭懸崖的頂端，沿路沒有欄杆或扶手，敬請留意您的腳步。發生物品掉落或墜崖，恕不負責。」

一陣強風突然掃過，你很慶幸自己沒有站在懸崖邊。

「正如各位所知，這座城堡每年只開放一次。在此敬告盼望見到男爵的乘客，請記住，他只會接見你們之中的一位。若您只是來這裡觀光，歡迎四處走動，感受我們豐富的自然生態和充滿活力的野生動物，但請不要靠牠們太近。」

「為什麼呢？牠們吃掉了多少訪客？」修伊．嚎嚎故作天真的舉手發問。

「喔！不多……啊、啊！天啊！」赫基爾博士摀住嘴，可是已經來不及了。

「哈！」鮑比大笑，「我覺得你不太老實喔！」

赫基爾博士的皮膚瞬間起泡，身體開始縮小，整個變身過程非常詭異，令人不適，你卻無法移開目光。他滑順的頭髮被吸進頭皮裡，皮膚像泡過水般逐漸發皺、下垂，光滑飽滿的臉部肌肉也從原本稜角分明的顴骨慢慢陷落。

變身結束後，他從原本光鮮亮麗的紳士，變成了一個禿頭、皮膚皺垂且嘴角露出冷笑的矮小男人。

鮑比壓低聲音說：「這位一定是假博先生了。我爸說過，他只能說謊話。」

「又發生什麼事了？」男人粗聲詢問底下那堆目瞪口呆的乘客，「剛剛赫基爾博士說了什麼？」

「他正在警告我們別太靠近野生動物。」珊德拉．瑞瑪洛回答，她和她丈夫站在離月臺較遠的地方。

假博先生用沙啞的聲音說：「喔！樹林裡一點都不危險，從來沒有訪客喪命於那些溫和可愛的小動物口中，我保證大家都很安全。來吧！你們這群面目可憎的訪客，如果想知道蝙蝠男爵是否接見你，請絕對不要跟隨大廳的指標。至於不想見到男爵的其他乘客，就隨你們高興，假如我是你們，我會去地下室逛逛，因為蝙蝠男爵向來最——喜歡看到陌生人在他的私人密室裡到處閒晃了。沒錯，請你們務必這麼做。」

聽完導覽後，大部分旅客都小心翼翼的走向城堡，你注意到有一窩毒蛇從群眾的頭頂中微微露出，移動方向卻和大家相反。

「看來我們的老朋友陶德惠索在火車上還有些事情要處理，而且不只有她要回到火車上，你看。」克勞斯說。

你往火車的方向張望，發現不知從哪裡湧出了大量的家務怪寶，堅定的朝車頭的方向前進。

？你想看看那些家務怪寶要做什麼嗎？

前往第197頁

火鳳凰的房間

？或是你想跟著陶德惠索館長一探究竟？

前往第207頁

鐵石心腸

假博先生

你的筆寫下了**否**，看來弗蘭肯芬已經不在火車上。難道早在你們開始尋找他之前，他就被扔下火車了嗎？還是後來才被移下火車？月臺上塞滿迫不及待的乘客，弗蘭肯芬會不會混在群眾之中？

「我們抵達源泉城堡了。」奧美先生再次廣播：「車門已開啟，請乘客由右側下車，若您有翅膀，也可以從靠近懸崖的左側車門下車。」

「走吧！」克勞斯說。你跟著他走出包廂，走向離你們最近的車門，你看到珊德拉和奈傑爾正在排隊等候下車。

奈傑爾正撒嬌般的抱怨：「我實在不想帶著見到男爵的渺茫希望，在城堡裡閒逛。我只想和我的小甜心欣賞風景，悠閒的相處時光對我們來說太珍貴了。」

「我知道，小親親。」珊德拉充滿愛意的摸摸他的大鼻子，「只是如果男爵選定要接見弗蘭肯芬，在他尚未現身之前，身為副手的我有責任替他出面。」

「你答應過這趟旅行不碰公事的！」奈傑爾悶悶不樂的抗議。

放閃的情侶不只瑞瑪洛夫妻。布蘭威爾溫柔的將翠莎擁在懷裡，由於她還很虛弱，因此他特地找了張長椅讓她坐下，他們各自的孩子——修伊．嚎嚎和鮑比．史托克——萬分彆扭的跟在他們身邊。

「孩子們，請照顧好翠莎，我去城堡裡看看能否拜見男爵，請他為我們的戀情賜福。」布蘭威爾說。

「我也想去城堡裡逛逛。」鮑比哀求道。

「別擔心，媽，我會陪著你。」修伊坐在母親身邊堅定的說。

鮑比對修伊扮了個鬼臉。

法老拉美帝帝和陶德惠索館長正忙著推開群眾，想要搶先離開。喬琳．陶德惠索懶洋洋的跟在他們後面，她頭上的毒蛇無精打采的趴著不動。惡煞梅塔站在離大家稍遠的地方，神色看來有些煩躁。

一個沙啞的聲音低吼著：「給我安靜，你們這群討厭的傢伙！」月臺上興奮激動的吵雜聲瞬間消音。

這個聲音來自一位不知何時站在木箱上的矮小男人。他慘白的皮膚和骨頭之間彷彿沒有肌肉填充，垂下來的鬆垮臉皮就像晾在曬衣繩上的皺被單，頭頂的毛髮稀疏，眼神凶狠，長了一嘴彎曲短缺的黃板牙。

「我是假博先生，是蝙蝠男爵的助手。他要我提醒你們，這裡的懸崖非常安全，絕對不會有任何危險，你們不會掉下去摔死的。」

「剛才那段話還真是讓人放心啊！幸好我知道你無法說實話，否則就會被你騙了。」火娜拉尖聲大喊。

「另一個你比較可靠。沒錯，我指的是那位無法說謊話的赫基爾博士。」布莉姬大笑。

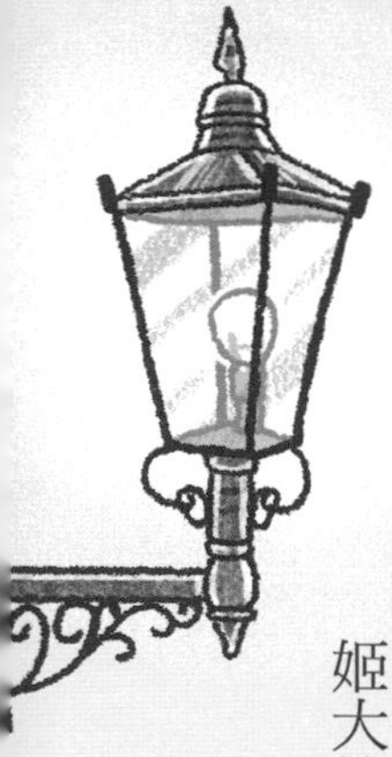

「不好意思，請問如果我要去見蝙蝠男爵，該往哪裡走呢？」史托克迫不及待的發問。

「那邊。」假博先生指著一條通往城堡側面、直達樹林深處的蜿蜒小路。

「我要趁還停留在這裡的時候，去看看傳說中的地下祕室。」法老拉美帝帝像參加校外教學的小學生般問道：「我們可以下去參觀嗎？」

「當然不可以！沒有男爵的允許，誰都不准下去。」假博先生厲聲說完，馬上就發現不對勁。「喔！」

從他的表情看來，你知道他不小心吐露了實情。

假博先生痛苦的跪在地上，你踮起腳尖想越過群眾看清楚狀況，可惜錯過了他變身的過程。當他再度起身時，已經變回那位高個子、頭髮濃密、面孔線條分明的俊俏紳士。

「各位，真是非常抱歉。」他整理略為凌亂的服裝，對大家說。

「你為什麼要道歉？」陶德惠索館長不解的問他。

「因為我的分身假博先生的言行總是會惹毛大家。對了，他有沒有告訴你們通往大廳的路在哪個方向？」

「他說是這裡。」史托克指了指假博先生告訴他的小徑。
「好極了，那是反方向。」赫基爾博士無奈的繼續問道：「他有提到城堡四周的環境很危險嗎？」
「他提過了，但是以反話來表達。」法老拉美帝帝回答。
「非常好。如此一來，所有的行前注意事項都已經說完了，接下來請盡情享受你們的旅程吧！」
布蘭威爾．史托克一馬當先衝向大廳。奈傑爾．瑞瑪洛想要遠離源泉城堡，只是妻子珊德拉緊緊挽住他的手臂，硬拉著他往裡頭走。喬琳被陶德惠索館長和法老拉美帝帝一左一右架著，滿臉不情願的被拖著前進。怪迪和鮑比趁著大人不注意，結伴開溜。
惡煞梅塔仍停留在原地。她看了看火車，東張西望好一陣子，確定沒有生物注意到自己後，迅速繞到城堡側面，選擇了一條沒有人煙的石階，隱沒在城堡後方的森林裡。
「惡煞梅塔到底要去哪裡？每見她一次，我就越覺得她不像一個擔心丈夫安危的妻子，也許我們應該跟蹤她。」克勞斯饒富趣味的望著她的背影。

克勞斯猶豫不決的說：「或者答案其實就在城堡大廳？我們的時間有限，無法同時調查兩個地點，你的看法是什麼呢？」

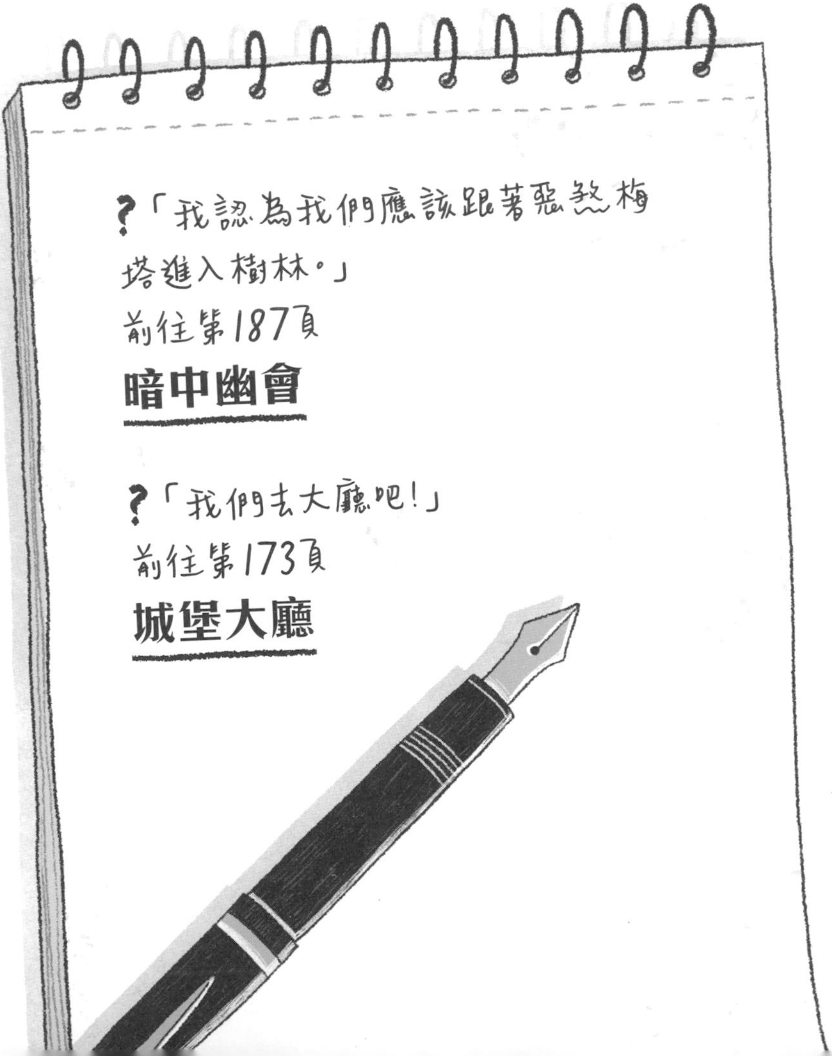

城堡大廳

幾乎所有旅客都聚集在回聲環繞的寬敞大廳裡，祈禱自己就是今年被那位傳奇吸血鬼召見的幸運兒。大家都被天花板上一幅壯觀的裝飾壁畫所吸引，壁畫主題正是失魂落魄村被蝙蝠男爵攻擊的那一晚。畫中描繪著許多村民正在奔跑吶喊、表情扭曲的尖叫，或是害怕的躲在桌子下顫抖，如死神般灰暗的不祥身影則穿梭在每一戶人家裡。仔細察看大廳中每一幅華麗陰森的畫像，蝙蝠男爵不是以蝙蝠的外形出現，就是一個身後飄著黑色披風的高瘦男子。

克勞斯環視所有等候接見的乘客後，在你耳邊低聲說：「我們眼前的每個生物都因為弗蘭肯芬的失蹤而多少獲得好處，少了一個競爭者，代表他們得償所願的機會大增。」

當大家都抬頭觀賞天花板上的曠世巨作時，你趁機觀察幾位主要的嫌疑犯。或許是受到這座充滿傳說和魔法的古老城堡所影響，你的神經如同龍捲風裡的風鈴般劇烈顫動，流竄在血管裡的魔法微微刺痛你的全身，讓你更加敏感，你從未如此確信你們即將找出犯人。

「這幅描述吸血鬼狩獵的巨作真是精采，每個細節都讓人彷彿身歷其境。你們看，畫裡的血紅色可真逼真啊！」興奮的法老拉美帝帝一邊仰頭張望，一邊發出陣陣讚嘆。

「我親眼見過更好的作品，因此倒是認為，它的血色似乎上得太鮮豔了。」布蘭威爾．史托克說。

「是的，不過這場景本身就極具戲劇張力。」珊德拉出神的望著壁畫說：「想想看，他竟然可以在一夜之間獨力毀滅整個村子吧！」

「屠村對任何一位吸血鬼來說只是家常便飯，但不見得每個吸血鬼都會一直掛在嘴邊，更別提把它畫在人來人往的大廳天花板上。」史托克的臉上露出些許不以為然和不耐。

「某人的語氣聽起來很嫉妒喔！」奈傑爾冷笑著說道。

「吸血鬼沒有那種無用的情感，頂多偶爾感到厭煩或無聊。」史托克不屑的說：「既然還要等一段時間，我還是先睡一會兒蝙蝠覺好了。」話一說完，史托克瞬間變身成一隻蝙蝠。牠拍拍翅膀飛到一根梁柱上，用雙腿的爪子倒掛著，閉起雙眼補眠。

「他絕對是嫉妒。現在讓我們看看是否還有其他驚奇之處吧！啊！這幅畫也非常精緻呢！」年邁的陶德惠索館長一談起畫作，雙眼立刻變得炯炯有神，連頭上那窩老蛇都恢復了活力，不停在羊毛帽下蠕動，嘶嘶吐著蛇信。

「我聽說這幅畫是蝙蝠男爵親手畫的。」珊德拉贊同的點點頭。

「那隻老蝙蝠說得對，這一切真的超級無聊！我不能去找我朋友嗎？為什麼我得留在這裡？」喬琳忍不住大聲抱怨。

「只有自身無趣的人，才會老覺得無聊。」法老拉美帝帝睿智的說。

「我是無趣，你是無腦。」喬琳不甘示弱的嘲笑。

「嘲笑別人是很不禮貌的行為。」法老嚴肅的說：「更何況，我的大腦可是文明世界裡最優秀的傑作之一。」他舉起寶貝腦罐。

「夠了！」喬琳忍不住大吼：「那個根本不是你的大腦！」

「喬琳！」從她奶奶的表情看來，你知道喬琳說了不該說的話。

「哈！別傻了，這當然是我的大腦，否則會是誰的呢？」法老拉美帝帝下意識的抱住腦罐想保護它。

「就是說嘛！」陶德惠索館長試圖用大笑來帶過喬琳的話，她頭上的老蛇卻被喬琳頭上嘶嘶作響、怒氣衝天的彩色毒蛇給嚇壞了。

「快告訴他！」喬琳咬牙切齒的吐出兩個字：「真相！」

「這是什麼意思？」法老拉美帝帝不安的望著陶德惠索館長。

「不重要，總之你現在有一顆很優秀的腦袋。」想不出理由搪塞的館長對著不受控的孫女皺眉。

「儘管那顆大腦很優秀，但它確實不屬於法老，對吧？」克勞斯發現事情不單純，連忙追問。

「是誰的腦袋又有什麼關係？」陶德惠索館長氣得脫口而出。

「不、不……不是我的腦袋？」法老震驚到說話都結巴了。

「當然不是。」喬琳翻著白眼說：「你忘記自己說過什麼了嗎？古埃及人才不會這麼費事的保留大腦！」

「按照一般木乃伊的標準做法來說，的確沒錯，只是我以為我是特別的……」法老對自己堅定的信念動搖了。

「現在它是你的腦袋，這才是最重要的。」館長拍拍法老的肩膀安慰他。

法老拉美帝帝把雙臂環抱在胸前，看起來滿腹怒火。

「喬琳，你只會製造麻煩，如果不是我們還需要你，我會立刻讓你回去包廂反省。」陶德惠索館長怒道。

「你們為什麼需要她？」克勞斯好奇的問。

「不干你的事。你們不是應該趕快把弗蘭肯芬找出來嗎？」陶德惠索館長怒瞪著跑來攪局的克勞斯。

「我們正在這麼做。根據線索，今天早上弗蘭肯芬見過你，我們也知道他的失蹤對你大有好處。」

喬琳插嘴說：「放心，不是他們做的，弗蘭肯芬過來挑釁時我也在場。我整個早上只能呆坐在那裡，看這兩位老人家喝茶聊是非，他們唯一的罪行就是讓我無聊的要死。」

「好吧……」克勞斯抓抓頭，環顧四周，忽然發現不對勁。「嘿！瑞瑪洛夫婦去哪裡了？」

你掃視室內，也沒看到他們。這時上方傳來拍動翅膀的聲音，那隻呼呼大睡的蝙蝠掉在地上，啪的一聲變回布蘭威爾．史托克。

「他們剛剛跟著赫基爾博士走進那扇門了，恐怕是男爵選擇接見珊德拉．瑞瑪洛，真令人失望！」他用惋惜的眼神看著緊閉的門。

「走吧！」克勞斯當機立斷，「我們最好跟上去。」

你們推開門，進入一個狹窄的走道。

走道另一端的窗戶上垂掛著厚重的窗簾。壁架上的燭光雖然微弱，仍足以讓你辨識出珊德拉和奈傑爾的身影，他們正站在一座巨大的蝙蝠雕像前，珊德拉雙臂抱胸，奈傑爾則用手指著她，從他們的肢體動作和表情看來，兩人正吵得不可開交。

當你還在猶豫是否該靠近他們，克勞斯已邁開腳步。

「……你答應過這趟旅程不碰公事的！」奈傑爾氣得直跺腳。

「我已經把公事拋在腦後了，嗯……大致上啦！」珊德拉努力說服丈夫，「你想想，萬一蝙蝠男爵願意接見我，而我卻拒絕這個大好機會，那就太傻了。你能明白的，對吧？」

「哈囉！兩位好。」克勞斯現身，打斷兩人的爭執。

「索斯塔？這是我們夫妻間的私事，與你或你的助手無關。」焦頭爛額的珊德拉馬上下達逐客令。

克勞斯說：「我們可不敢苟同。你早就知道弗蘭肯芬申請拜見蝙蝠男爵，而且你也發現他打算把翠莎．嚎嚎當成禮物獻給男爵。身為弗蘭肯芬的副手，如果他無法出席，你自然就會代表他上場。沒想到事情就這麼巧，弗蘭肯芬在火車上人間蒸發，到現在還下落不明……」

他突然用力拍響雙掌，為自己的推理製造戲劇效果。「對你來說簡直是天賜良機啊！瑞瑪洛副市長。」

珊德拉不以為然的揮揮手，「事情根本不是這樣，況且我不相信蝙蝠男爵會選擇見弗蘭肯芬而不選我。」

「選你？」克勞斯馬上聽出蹊蹺，「你也申請拜見蝙蝠男爵？」

事到如今，珊德拉也不再演下去了。「是的，請容許我稱讚自己，我的申請表非常嚴謹，詳述了男爵應該見我的種種理由，堪稱是一篇調查詳盡的論文，弗蘭肯芬的鬼畫符根本比不上！」

「你做了什麼？」奈傑爾不可置信的說：「你答應過我，這不是出差，而是我倆獨處的小旅行。」

「我很抱歉，親愛的，請不要把事情無限上綱。我只是順手寫了一份微不足道的申請表，若真的能見到男爵也不錯。況且這並沒有影響到我們的旅程，你甚至到現在才發現。」

「那是因為你一直瞞著我啊！」奈傑爾大叫。

珊德拉只能低頭看著自己的腳。

「不要以為我不知道，你和弗蘭肯芬一直背著我偷偷碰面！」她的丈夫氣得繼續爆料。

「你在說什麼？沒有這回事。」珊德拉打算裝傻到底。

奈傑爾繼續逼問：「今天吃完早餐後，你為什麼要跟他見面？你們到底在討論什麼？」

珊德拉嘆了一口氣，「好吧！如果你一定要知道，我便告訴你。當時我正在給他最後的警告。」

「什麼樣的警告？」克勞斯問。

「那個無賴綁架了一位無辜的狼人，他希望我保密，而我在整趟旅程中都努力說服他盡快釋放可憐的翠莎·嚎嚎。今天早上，我對他下了最後通牒，如果他再繼續軟禁翠莎，我就會揭露真相。」

克勞斯尖銳的問道：「他拒絕之後，你做了什麼？把他推下火車？這就是案件的真相嗎？」

珊德拉冷笑，「當然不是，他已經同意釋放翠莎了。」

「真的嗎？」克勞斯和奈傑爾大感驚訝。

「沒錯，畢竟他沒有選擇。」珊德拉轉向丈夫，親暱的捏捏他的手臂說：「很抱歉，我的甜心。我有所隱瞞，是因為我知道你不希望我和弗蘭肯芬談話。我曾答應你這趟旅行不碰公事，但我實在不允許弗蘭肯芬在做了如此卑鄙的事情之後，還能夠全身而退。」

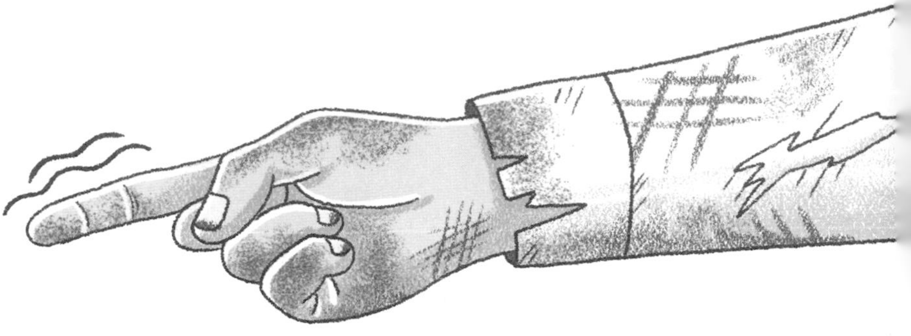

奈傑爾不悅的將雙臂交叉在胸前，不搭理她。

「如果事情經過真如珊德拉所言，弗蘭肯芬究竟發生了什麼事？」克勞斯轉向你，提出疑問。

你尚未反應過來，一扇門突然打開，本次失蹤案的主角夜間市長弗蘭肯芬居然跌跌撞撞的走了進來！他渾身骯髒、頭髮蓬亂，看起來筋疲力盡，赫基爾博士則站在他身後。

「他！是他做的！就是這個可惡的老精靈把我推下火車的！」弗蘭肯芬大吼，他用顫抖的手指著眼前的奈傑爾．瑞瑪洛。

「什麼？」珊德拉詫異的看著丈夫。

弗蘭肯芬氣呼呼的說：「對，你們沒聽錯。上一秒我還在對珊德拉說話，下一秒這個暴躁的老精靈便出現了。更令人傻眼的是，我們還沒談上幾句，他就用力把我推出車外！」

現在輪到珊德拉震驚了，「奈傑爾，你怎麼能做出這種事？」

「我當時很生氣，」他羞愧的低下頭坦承：「當我發現你們私下交談時，心想一定是有關工作的事，再加上他的態度一向囂張惡劣，所以我就失控了。我本來只想警告他，要他別在你休假期間打擾你……誰知道那扇門沒有關好，不能怪我，那不是我的錯！」

「弗蘭肯芬墜車後，又是如何趕上火車，並在我們面前揪出真正的犯人呢？」克勞斯問。

赫基爾博士解釋：「一群追著火車跑的狼人發現他，把他送到失魂落魄村，接著被我找到，我再把他帶回火車上。」

「沒想到竟然是被狼人拯救……」克勞斯挑眉瞪著弗蘭肯芬說：「這可真是諷刺啊！」

「這個嘛……」弗蘭肯芬的模樣，看起來就像是被拖行經過好幾公里的樹叢，簡直狼狽不堪。

「也就是說，珊德拉對丈夫隱瞞想要拜見蝙蝠男爵，而奈傑爾對珊德拉隱瞞自己就是把弗蘭肯芬推下火車的凶手。」

「沒錯，我是受害者！」弗蘭肯芬理直氣壯的大吼。

「受害者？別忘了你綁架翠莎．嚎嚎，除了雇用哥布林來軟禁她，還賄賂奧美先生協助掩護行李車廂裡的罪行，好確保你的詭計得逞，你一點也不無辜！」克勞斯以難得嚴肅的語氣斥責弗蘭肯芬，「我很確定等我們回到避風鎮，遲來的正義就會被伸張。」

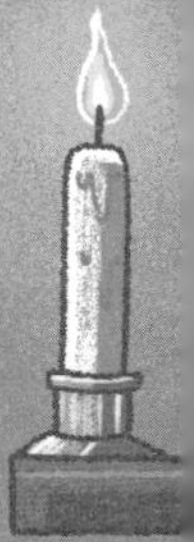

「我可是夜間市長！」弗蘭肯芬仍不放棄掙扎的機會。

「沒有人可以凌駕於法律之上。我有預感，一旦真相大白，你的政治生涯便會澈底完蛋。」克勞斯毫不客氣的反駁。

「只要蝙蝠男爵實現我的願望，我就可以東山再起！」弗蘭肯芬望向赫基爾博士。

「什麼？你？恐怕不是喔！」赫基爾博士聳聳肩。

「男爵一定是選擇見我嘍？」珊德拉自信的問道。

「可惜也不是。」

「那麼會是誰？」弗蘭肯芬問。

「你們兩個。」赫基爾博士回答。

他指著你和克勞斯。

「你們現在可以見男爵了。」

你緊張的吞了一口口水，喉頭發出的聲音大到像在敲門。全世界最老的吸血鬼居然想見你？

赫基爾博士為你們推開一扇門，門後是通往地下室的蜿蜒石階。

「沒問題的。」克勞斯說。

他感受到你的不安，因此向你伸出一隻毛茸茸的大手。

他鼓勵道：「來吧！我們一起開始調查這件案子，現在也一起結束它。」

當你握住克勞斯的大手，勇氣油然而生。你點點頭，與雪怪老闆攜手踏入看似無盡的黑暗中。

前往第217頁

這就是結局？

暗中幽會

源泉城堡座落在陡峭的群山之中，四周環繞著高聳深鬱的松林，樹枝隨著酷寒的夜風不停搖顫。你爬上城堡側面的崎嶇石階，往上進入濃密的森林裡，除了呼嘯的風聲和烏鴉的啼叫之外，唯一的聲音就是惡煞梅塔踩踏石階的沉重腳步聲。石階當然沒有欄杆，要不是知道老闆正走在後面保護你，你一定會因為害怕墜崖而不敢舉步前行。

「不論惡煞梅塔要去哪裡，她一直想隱瞞的事情即將曝光。」他低聲說。

石階通往一條曲折深入森林裡的小徑。高大濃密的樹木遮住月光，四周一片漆黑，害你被一團糾結的樹根絆倒。等你和克勞斯來到一處空地，發現惡煞梅塔正背對著你們，坐在一根斷木上。

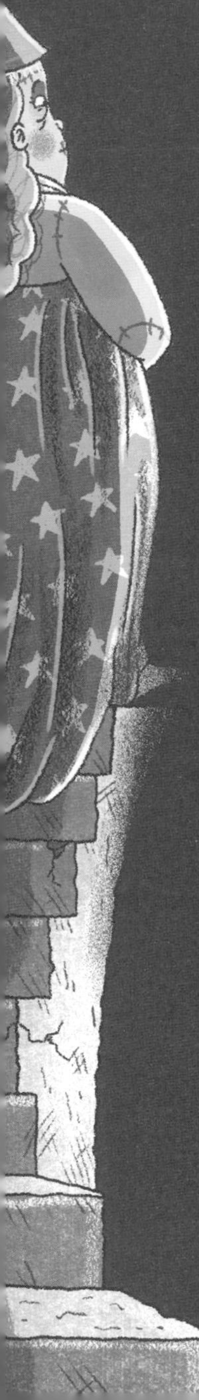

「你的散心地點真有趣呢！」克勞斯刻意出聲，讓她知道你們也在場。

「這不是我的選擇……」惡煞梅塔嚇了一跳，轉過頭來，但沒把話說完。

「你在等某人嗎？」克勞斯問。

「是的。不，我不知道。嘆氣。」

克勞斯揚起一邊的眉毛，坐到她身旁。「我對你的私生活沒有興趣，我只關心那個在火車上失蹤，到現在還下落不明的人。」

「我不知道你在說什麼。」惡煞梅塔陷入沉默。

「這悅耳的嗓音出自我愛人口中嗎？」一個聲音從身後傳來，打破僵局。你轉頭看到紅磚先生，他仍穿著那套體面的黑色西裝，嘴裡咬著一朵玫瑰。他一看到你和克勞斯，臉色瞬間大變。

「這是怎麼回事？」克勞斯問。

「我不知道，他為什麼在這裡。」惡煞梅塔搖搖頭。

「啊！我終於弄懂了。」克勞斯拍掌說道：「弗蘭肯芬給了你兩顆心，讓你可以分別以母親和妻子的身分來愛人，可是你把其中一顆心給了外人。」

「我並沒有，把我的心交給別人，它是被偷了。長長的嘆息。」惡煞梅塔說。

「你承認自己愛上紅磚先生嘍？這就是你把丈夫推下火車的原因？」

「我沒有。而且我愛的，不是他。」惡煞梅塔大聲說。

「什麼？」克勞斯和紅磚先生異口同聲的驚呼。

「她不知道自己在說什麼。」紅磚先生一廂情願的堅持著。

「梅塔塔塔——」另一個聲音顫抖著出現。

你轉過頭，只見包特茲踏入空地，手上提著一個布滿燒焦痕跡的棕色大皮箱。當他放下沉重的皮箱時，地上揚起一陣塵土。

「我親愛愛愛的！」惡煞梅塔跳起來，奔進包特茲的懷裡。他倆深深擁抱，包特茲甚至抱起她轉圈圈，你連忙後退，以免被惡煞梅塔的大腳踢到。轉著轉著，包特茲忽然失去平衡，抱著惡煞梅塔摔在地上，兩個怪物撞成一團。

「我們被發現了。偷偷看一眼。惶恐。」惡煞梅塔說。

「包特茲覺得很糟。」包特茲哀嚎：「包特茲現在就想坦白。」

「惡煞梅塔，我的愛人……」紅磚先生不可置信的看著這一幕。

「我不愛你。」終於輪到惡煞梅塔打斷他的話，「你對我很好，可是，我的兩顆心，都屬於另一個人。誠摯的神情。」

「我不相信！」紅磚先生沮喪的抱頭直搖。

「我有，試著告訴你，只是一直，很難把話說完。」她低著頭說。

惡煞梅塔和包特茲站起身來，此時空地上突然竄出一隻體型較小的怪物，火速衝向冒煙的大皮箱。

「怪迪？」惡煞梅塔認出那道身影，愕然問道。

「我就知道！我就知道你不老實。他在哪裡？我爸在這裡嗎？」怪迪．弗蘭肯芬氣憤的大喊。

你注意到包特茲帶來的大皮箱正在微微抖動。

「打開皮箱，包特茲。」克勞斯命令道。

包特茲羞愧的低頭解釋：「那是個意外。」

「快點打開！」怪迪高聲說道。
「裡面是什麼？」惡煞梅塔也被勾起了好奇心。
「我不是故意要讓它發生的——」包特茲說。
「故意讓什麼發生？」克勞斯問。
包特茲緩緩走到皮箱旁，把它打開。
一個男人呻吟著從裡面滾出來。儘管他的衣服和臉部都被熏黑，大家仍認出他的身分。
那是夜間市長弗蘭肯芬。
「爸！」怪迪大喊著衝向父親身邊。他擦去眼眶中的淚水，憤怒的瞪著包特茲吼道：「為什麼？就算你想和她私奔，也不必這樣傷害我爸！」
「我不是故意的，我只是想告訴他真相。」包特茲說。
「早餐後你去找他私下談話？然後呢？」克勞斯引導他吐露實情。
「包特茲告訴他，包特茲愛上了惡煞梅塔。」包特茲羞愧的垂下頭，「但是他很不高興，非常不高——興。我們吵架。他說要把包特茲丟下火車。他推我，我推回去，只是包特茲太強壯了。」

克勞斯點點頭，替包特茲重整案發經過。「你太用力推他，把他撞到昏過去。你當時很慌張，對吧？」

包特茲低著頭，「包特茲不想因為攻擊乘客而被丟下火車。」

弗蘭肯芬忽然醒過來咕噥了一句，「博物館已經過時了，投我一票，就是投給未來一票！」看來他尚未完全清醒。

「哇！即便在神智不清的狀態，他仍不忘競選。」克勞斯皺眉說道：「弗蘭肯芬，你聽得到我說話嗎？」

「是的，奧美先生。這些家務怪寶可以免費為你工作，但是你必須有所回報。做為交換，不論車上發生什麼事，請不要驅趕那些偷渡上車的哥布林，因為他們正在為我執行非常重要的任務。」半夢半醒的弗蘭肯芬說了一大串足以做為證據的犯罪自白。

「他在說什麼？」一頭霧水的怪迪問。

克勞斯憑藉目前的線索，做出推論。「我想他正在回憶昏迷之前發生的事。聽起來他似乎用自己製造的免費勞工來賄賂駕駛員奧美，好讓扁扁阿嬤和孫子們可以不受打擾的幫他軟禁翠莎．噂噂。」

「不，史托克先生，男爵當然會選擇見我啦！」弗蘭肯芬迷迷糊糊的吐出這句話和一根羽毛。

「也就是說，弗蘭肯芬在遇到包特茲之前，已經分別和布蘭威爾．史托克、陶德惠索館長，以及奧美先生說過話了。」

包特茲點點頭，「是的，當時我們很接近引擎室，而且駕駛員也在那裡。包特茲必須先把他藏好，免得被看到，所以包特茲把他藏在火鳳凰的房間。弗蘭肯芬在裡面會很熱、很熱——但是很安全。」

難怪弗蘭肯芬看起來像隻烤得太熟的火雞。

「你終於招供了！」紅磚先生大喊：「快逮捕這個怪物！」

「逮捕壞人不是我們的工作，是異象警隊的職責。」克勞斯果斷的拒絕他，「我相信他們除了想聽包特茲的故事，也會想知道夜間市長弗蘭肯芬綁架一個無辜狼人的經過。」

「我丈夫，不是一個好人，對嗎？」惡煞梅塔問。

「這很難說。我的工作讓我了解到一件事，那就是沒有人是單純的好人，或絕對的壞人。」克勞斯語氣誠懇的告訴她。

「但我對你的愛是單純的。」包特茲握著惡煞梅塔的手，溫柔的說道。

「我也愛你。開心的擁抱。」惡煞梅塔熱情的回應。

「這是不對的！」紅磚先生氣得大聲抗議：「難道沒有人在乎伸張正義嗎？」

克勞斯說：「紅磚先生，你要求我們找到弗蘭肯芬，我們如你所願達成任務。也許他被烤得太熟，至少他還活著，況且事實證明這一切亂象都是他咎由自取。你們可能要花上幾天時間，才能理出所有事件要如何解決。總之，你交辦的工

作已經完成了。」

「事情還沒結束！男爵正等著接見他的訪客呢！」

一個聲音突然從你背後傳出，嚇了你一跳。你轉過頭，看到赫基爾博士正對著你微笑。

「男爵想見我？」夜間市長弗蘭肯芬瞬間清醒了過來。

「不，」赫基爾博士說：「男爵想見你。」

「我？」被點名的克勞斯驚訝不已。

赫基爾博士對你們說：「事實上是你們兩位。我們最好不要讓他等太久，快跟我來吧！」

他轉身走進樹林。你看了看身旁的老闆，他微笑著向你伸出一隻毛茸茸的溫暖大手，握住後你瞬間安心許多。惡煞梅塔和包特茲也握著手，他們臉上泛起被創造以來最開心的笑容，只有紅磚先生還是皺著眉頭。怪迪緊抱著弗蘭肯芬，他爸爸大概只有在神智不清的時候，才會和兒子如此親密。你們順利破解了這個案子，如今剩下最後一片拼圖。

你和雪怪老闆手牽著手，邁開步伐跟上赫基爾博士。

前往第217頁

這就是結局？

火鳳凰的房間

你和克勞斯沿著月臺走回引擎室。忽明忽滅的燈光勉強照亮前方，沒有星星的夜幕沉沉壓在你們頭頂上。四周的樹林沙沙作響，看不見的恐怖生物潛伏在樹林暗處，不時傳出嚎叫、低吼、咆哮或彼此扭打的聲音，黑暗中瀰漫著不安的氣氛。

「我們一直認為犯人是其他乘客，但我現在開始懷疑，真相其實就在眼前。」克勞斯邊走邊說。

你們來到引擎室時，裡面傳出一聲尖銳的鳥鳴，緊接著一陣黃色煙霧從煙囪裡噴了出來。

「雖然我們早就知道這臺火車由火鳳凰提供動力，卻從未親自查看牠所待的地方。」克勞斯說。

奧美先生站在引擎室的門邊，捧著一個冒著蒸氣的大馬克杯。

「你們不去參觀城堡嗎？」他說：「這也難怪，畢竟源泉城堡不是什麼老少咸宜的遊樂園，每年回程時，車上總會空出幾個包廂。」

「奧美先生，我們想看看引擎室。」克勞斯單刀直入的要求。

「請便，這裡只有我和佛斯蒂娜。」

「我們感興趣的正是你的火鳳凰。」克勞斯說完便爬上引擎室，再伸手把你拉上去。

引擎室的一側被巨大的金屬艙占據，艙門上有個把手。克勞斯用力拉扯門把，可是門似乎被某個東西卡住而紋風不動。

「火鳳凰不喜歡社交，而且脾氣相當暴躁，我勸你不要打擾牠比較好。」奧美先生解釋。

「你上次看到牠是什麼時候？」克勞斯問。

奧美先生想了想，回道：「自從我們發車後就沒見過牠了，因為後來都由廚房工作人員負責餵食和照顧。只要牠能產生源源不絕的大便燃料，讓火車順利行駛，我不會去打擾牠。」

克勞斯用一隻腳頂住牆壁，雙手抓住門把使勁向後拉，金屬艙門瞬間彈開，大量熱氣迎面襲來，你一時承受不住，往後退了一步。

克勞斯重重摔倒在地，毛茸茸的大肚子上趴著一堆被熏黑的家務怪寶。

「讓怪寶幫幫幫忙……怪寶幫忙幫忙忙……」迷你怪物喃喃說道。

「快從我的肚子上滾開！」克勞斯大聲咆哮，並用力抖動自己的身體，將家務怪寶甩開。

「那些傢伙是怎麼進去裡面的？」奧美先生一臉驚訝。

在一片濃煙中，你依稀看見彩色羽毛若隱若現。隨後一陣腳步聲響起，原來是克勞斯甩掉身上最後幾隻家務怪寶後，把手伸進了燃料艙。裡頭煙霧瀰漫，幾乎到了伸手不見五指的地步，你只能從火鳳凰不悅的尖叫聲判斷，克勞斯應該是不小心抓到了那隻鳥。

「抱歉。」克勞斯說：「啊……這就對了！」

一陣混亂之後，克勞斯雙手抓著一對男人的腳踝，使勁將他拖了出來。男人的白色大衣和蓬亂頭髮骯髒不堪，他的嘴被堵住，無法出聲，熏黑的臉上只看得清一雙因困惑而瞪大的雙眼。

「你們找到弗蘭肯芬了！太好了！」奧美先生歡呼著，用手揮散煙霧。

「他簡直快烤焦了。」克勞斯說。

你趕緊蹲下去為弗蘭肯芬解開堵住嘴巴的布條。

「水！」他喘著氣，費力的吐出這個字。

「先喝這個吧！」奧美先生把自己的馬克杯遞給他。

弗蘭肯芬大口喝光整杯茶，再把杯子還給奧美先生。

「我……我的發明居然背叛我！」他驚魂未定的說：「這些小東西應該沒有自己的想法，只能遵從我的命令，沒想到他們不但綁架我，還把我和一隻凶暴的火鳳凰鎖在不見天日的地方！」

「讓怪寶幫忙……怪寶幫幫幫幫忙！」小怪物們依舊喧鬧，甚至試圖抓住弗蘭肯芬，想再次把他拖回燃料艙裡。

克勞斯忍不住苦笑，「我們花了一整天的時間，調查究竟是誰綁架弗蘭肯芬，結果真凶就在身邊。」

「讓怪寶幫忙？」一隻頭頂冒出一小撮紫髮的家務怪寶歪頭看向你。

「為什麼這些小怪物要對創造出自己的人下手呢？」克勞斯百思不得其解，嘆口氣說道：「真希望我能和他們溝通。」

你的手指抽動了一下，體內的魔法逐漸甦醒，你發現自己突然擁有了解他們的能力。你把筆記本放在地上，再將手中的筆交給那隻長了紫毛的家務怪寶。

「怪寶幫忙忙……讓怪寶幫幫幫……」

他伸出手來抓住筆，魔法就像一道閃電流竄過你的身體。那隻家務怪寶的頭髮豎成新潮的刺蝟頭，眼珠也成了鬥雞眼。

「讓怪寶幫忙！」他大叫。

你的耳中出現噗嚕嚕的氣泡聲，一陣刺痛後，他說的不再是沒有意義的話語，你終於聽懂他想表達什麼了。

「自由、自由，我們只想要自由。」那隻家務怪寶喋喋不休的說。

「你的魔法真酷！」弗蘭肯芬大力拍拍你的肩膀表示讚許。

「這個男人，」那隻家務怪寶說：「把我們製造出來，要我們免費工作，可是我們想要自由。」

克勞斯拍掌說道：「原來如此！打從一開始，我們就忽略了這些無所不在的家務怪寶。他們一直都有完美的犯案動機，也就是從創造者手中獲得自由。」

那隻家務怪寶說：「是的。我們把他塞進燃料艙，想讓他感受不自由。」

「沒錯……我想起來了。」弗蘭肯芬慢慢恢復神智，回憶起昏倒前發生的事，「早餐過後我去了很多地方，最後來這裡找你，奧美先生，不過當時你不在，然後我眼前一黑……」

「家務怪寶們把握你落單的機會，將你敲昏後綁起來，塞進不會有人查看的燃料艙。」克勞斯說：「小怪物們想讓你明白他們的感受，然而你到現在似乎都沒有理解。」

「讓我們自由。」那隻家務怪寶要求道。

所有的家務怪寶都盯著弗蘭肯芬看。

「可是……我創造了你們。」弗蘭肯芬看起來陷入了天人交戰，「是我賜予了你們生命。」

「從那裡面逃脫後，我相信你現在絕對可以理解，如果沒有自由，生命毫無意義。」克勞斯苦口婆心的開導他。

「我……」弗蘭肯芬竟然一時語塞，和平常意氣風發的他判若兩人。

「怪寶願意原諒你。」那隻家務怪寶輕拍弗蘭肯芬的手說，其他家務怪寶也跟著點頭。

克勞斯順勢鼓勵道：「弗蘭肯芬，你真的是天才科學家，居然創造出有思考能力又懂得包容的生物！你先前做了不少壞事，如今正是洗心革面的好時機，我勸你好好把握！」

弗蘭肯芬突然激動落淚，「我很抱歉！很抱歉……」他嗚咽著說：「我知道自己錯了，真的！被關在這裡的時候，往日的種種過錯不只千百回閃過我腦海。如今我總算明白，在這世上我最在乎的唯一一個怪物，就是我的兒子怪迪。我只是希望給他一個更美好的世界，但是……我被野心沖昏了頭。我現在才發現，我一直忽視最重要的家人。」

「你會釋放這些家務怪寶嘍？」克勞斯拍拍他的肩膀。

「是的。」他說：「還有惡煞梅塔，我會讓他們全都去過自己想要的生活，然後用我的餘生好好照顧我親愛的怪迪。」

「自由！」所有的家務怪寶齊聲歡呼，向空中揮舞他們小小的拳頭。

赫基爾博士在歡樂的氣氛中，悄然出現在門邊。

「希望我沒有打擾到各位，」他對大家說：「蝙蝠男爵希望現在立刻會見他的訪客。」

「是我嗎？」弗蘭肯芬馬上恢復精神，從地上彈起來。

「不。」赫基爾博士搖搖頭，「他想見的是這兩位。」

「我們？」克勞斯驚訝不已。

「沒錯。雖然你們已經解決了弗蘭肯芬失蹤案，卻仍然有許多問題尚未獲得解答，對吧？現在，這邊請。」

你仰頭望向克勞斯，他笑了笑，堅定的伸出手握住你，那雙柔軟溫暖的手讓你感到平靜。

「走吧！我們去見見史上最老的吸血鬼。」

你們手牽手，跟上赫基爾博士的腳步。

鐵石心腸

當你們走回火車上時，所有乘客都已離開。你沒看到陶德惠索館長的身影，卻瞥見一個蛇髮女妖進入館長的包廂。你不由得心跳加速，握緊拳頭，讓流竄在你血管內的魔法帶來刺痛感，藉此提高警覺。以前你總是仰賴老闆保護你，現在是時候做出改變了。

你們抵達時，發現包廂門是敞開的。你和克勞斯謹慎的走進去，聽到喬琳的門後傳來動靜。

「是誰在那裡？」一個聲音慌張的說。

「喬琳？是你在裡面嗎？」克勞斯提高音量說：「我們正在尋找夜間市長弗蘭肯芬。」

「如果你們不走，我就讓我的蛇攻擊你們！」她沒有回答，反而用接近哭喊的語調大聲威嚇。

「別擔心，我們是來幫忙的。」克勞斯試圖安撫她。

她突然安靜下來，一陣嘶嘶聲輕輕響起，接著是微弱的哭聲。

「沒有人可以幫我……」她聽起來很難過。

面對這個情緒激動的少女，你們一時間也束手無策。就在你們思考接下來該怎麼辦時，另一名意外的訪客出現在包廂。

「喬琳，你還好嗎？我看到你回車上了。鮑比和我要去探索那個……」怪迪・弗蘭肯芬踏進包廂後看到你和克勞斯，馬上把話吞了回去。

「你們在這裡做什麼？」他略帶敵意的質問道。

「拜託！請你們全都離開好嗎？」喬琳聲音裡的哭腔越來越重了。

「我們哪裡都不會去。」克勞斯把一隻手放在門把上，堅定的說：「不論發生什麼事，你都可以說出來，大家會一起想辦法幫你！」

「這真的是意外……」喬琳啜泣著說：「我不是故意要這麼做的，我很抱歉，怪迪。」

怪迪心中忽然浮現不祥的念頭，緊張的問：「你做了什麼事？」

克勞斯打開門，你們看見喬琳哭紅了雙眼坐在地板，臉上滿是淚水，頭上的毒蛇全都懊悔的垂著頭。你一看到她身後的景象，立刻明白她為什麼如此緊張無助。她背後立著一座看起來和夜間市長弗蘭肯芬一模一樣的雕像，這種栩栩如生的程度是任何大師都無法雕刻出來的。

弗蘭肯芬被石化了。

「爸……爸？」怪迪衝上去，凝視著那座冰冷的雕像。

喬琳嚎啕大哭，「對不起！怪迪，我並不想這樣……」

「別激動，先深呼吸，再慢慢告訴我們發生了什麼事，好嗎？」克勞斯溫柔的安慰她。

喬琳吸了一口氣，努力說出完整的事發過程。「今天早上弗蘭肯芬來敲門想找我奶奶，希望她同意把博物館改建成購物中心，奶奶當然拒絕了。弗蘭肯芬說她無法阻止這件事，於是他們吵了起來。」

「後來你開始跟蹤他？」克勞斯猜測。

她淚眼汪汪的點點頭。

「然後你讓你的蛇盯著他？」克勞斯繼續推測。

「我……我當時很無聊，想找一件刺激的事來打發時間。我只是想嚇唬他，讓他知道如果他敢強制關閉博物館，一定會付出代價。結果他不但沒把我放在眼裡，還嘲笑我，說我不過是個小鬼頭，沒膽動他一根汗毛。」

「所以你用行動證明他錯了？」克勞斯嘆了一口氣，問道：「你奶奶知道這件事嗎？」

「不知道，當時她在法老的包廂裡喝茶。我把弗蘭肯芬拖進我房間，這裡沒有人敢進來。」

「你本來打算怎麼辦？難道你要為了湮滅證據，趁著夜色把他從火車上推下懸崖嗎？」克勞斯問。

「我很害怕。」她默認了這個可怕的想法，「我不知道還能怎麼做。」

怪迪站在他爸爸面前，抬頭望著那張僵硬的臉。「我們從來沒有如此長時間的凝視彼此的雙眼。不論如何，他仍然是我爸爸。」他努力壓抑情緒，仍止不住滿眼的淚水。

喬琳抽動著肩膀啜泣，兩個孩子的遭遇都十分令人心疼。

「全都是我的錯！」喬琳哭著大喊。

「不，」怪迪抹了抹淚水，將一隻手臂環繞在她肩膀上，冷靜的說：「是我爸爸的錯。」

克勞斯轉頭注視著你，不知道應該如何面對這種場合。他擅長破解謎案、找出罪犯，現在卻笨拙的一句話都說不出口。身為脆弱的人類，你對怪迪和喬琳的狀況完全能夠感同身受。憤怒、難過、沮喪，以及懊悔的感受，一口氣灌入你的腦海，手指尖端傳來一陣刺痛，體內的魔法再度蠢蠢欲動，突然間你明白了自己的使命。你並非無能為力的旁觀者，你可以幫得上忙。

你向前走了兩步，伸出顫抖的雙手觸碰被石化的弗蘭肯芬。你用其中一隻手握住他堅硬冰冷的手，接著慢慢閉上雙眼，感覺魔法能量充滿全身，彷彿水被倒進水壺裡。

「你在做什麼？」你聽到怪迪的聲音，但你沒有睜開雙眼，仍保持專注。

你繼續握著弗蘭肯芬的手，把注意力集中在自己的脈搏上，感覺體內的血液奔流於全身的血管之中。你用盡所有精力召喚出魔法能量，再把這股能量導入冰冷的石像中。

「不要碰他！」怪迪急著想保護爸爸。

「不，等等。」克勞斯阻止怪迪，他知道你將施展奇蹟。

你在火娜拉傳授的魔法課程中學到，真正的魔法來自生命的本質。你把魔法想像成在體內流動的血液，再從指尖穿透出去，傳導給弗蘭肯芬。不知道過了多久，你感覺手中握著的冰冷石手逐漸柔軟，石頭已化為血肉之軀，於是你稍微鬆開緊握的手。

當弗蘭肯芬軟化到足以轉動脖子時，外層的石頭裂開了。你們目睹那雙手從灰色變成粉紅色，僵硬的臉部也漸漸有了變化。過了一會兒，弗蘭肯芬終於完全恢復原狀。他環顧四周，滿臉困惑。

「爸！」怪迪打破沉默，衝向他的父親。

你適時放開弗蘭肯芬的手，後退一步，把空間留給這動人的一刻。

怪迪張開雙臂撲向爸爸，差點把他撞倒在地。

「兒子……」弗蘭肯芬摸著怪迪的頭，低聲說道。

「做得好！」克勞斯開心的輕拍你的背，對喬琳擠眉弄眼道：「你看，這趟旅程其實沒有想像中無聊，對吧？」

她羞澀的露出微笑，總算放下了心中大石。儘管她不善表達自己的情緒，你仍看得出她內心充滿感激。

「謝謝。」傲嬌的少女輕聲向你表達她最大的心意。

「這是怎……怎麼回事？」夜間市長弗蘭肯芬一頭霧水的問：「我記得的最後一件事，是我站在引擎室外面。」

克勞斯可沒忘記弗蘭肯芬做過的勾當，他說：「在那之後發生了很多事，我們已經知道你綁架翠莎．嚎嚎。等火車一回到避風鎮，我會立刻通知達卡警長。」

「我不知道你在說什麼。」弗蘭肯芬嘴硬的辯駁：「我是一個正直的……」

怪迪打斷他的話，「不要再說了，爸。你一直告訴我，要為自己的行動付出代價，現在這句話還給你。」

「沒錯，不過我們還有一些未竟之事得去城堡處理一下。」一個陌生的聲音忽然插嘴。

只見赫基爾博士站在包廂門邊。

「蝙蝠男爵要接見我嗎？」弗蘭肯芬滿懷希望的問。

「不是。」

「那麼是誰？」

「這兩位。」赫基爾博士一邊說，一邊指著你和克勞斯。

雖然你施展完復活魔法之後，身體變得十分虛弱，但還是能夠感覺到雪怪老闆用他溫暖的

大手拉起了你的手。

「真有你的！」克勞斯用充滿讚許的口氣說：「我們不僅找到了夜間市長，還成功讓他復活。現在，讓我們去見見那位蝙蝠男爵吧！」

你點點頭，與克勞斯一同隨著赫基爾博士的腳步，走向源泉城堡。

前往第217頁
這就是結局？

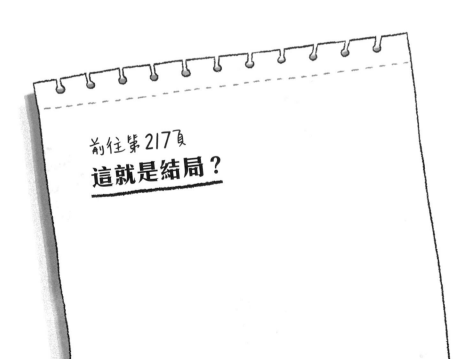

這就是結局？

在赫基爾博士的帶領下，你們來到一個宛如黑洞般深邃的房間，舉目望去盡是一片漆黑，連道影子也看不見。你緊張的一手抓著筆，一手牢牢握住克勞斯的毛茸大手。

「我什麼都看不到。」他冷靜陳述你們目前遭遇的困境。

你這才被點醒，趕緊拿出筆在空中寫下「光」這個字，整個房間立刻被你的魔法點亮，你總算看清周圍厚重的灰色石牆，以及一個高高瘦瘦的身影。他的臉龐剛毅有角，下巴長著一撮捲曲的鬍鬚，頭髮黑亮猶如夜色，卻比不上他那彷彿幽暗宇宙的雙眸。

「蝙蝠男爵。」克勞斯向那道身影點頭致意。

男爵所展現出的氣場之強，就連你老闆都顯得有些坐立不安。高瘦的男人緩緩張開嘴，露出兩顆如剃刀般鋒利的閃亮尖牙，讓你不禁心頭一顫。過了好一會兒，他發出刺耳的喉音，在一陣咳嗽和噴口水之後，終於用一種出乎意料的尖銳鼻音說話了。

「很抱歉，親愛的訪客，我太久沒有與別人交談，得花點時間開嗓。」蝙蝠男爵尷尬的說。

「我可以想像。」克勞斯點點頭，沒有像平常一樣挖苦對方。

「能夠親自見到兩位，真是太好了。」男爵直直望向你的眼睛說道：「我想你已經發現自己的魔法傳導棒是什麼了吧？沒錯！正是你手上的那枝筆。這一切早就有跡可循了，對吧？」

「你的筆？」克勞斯轉過頭看著你，瞄了你的筆一眼，露出一抹笑容。「很合理，在你擁有魔法之前，那枝筆就是你破解謎案的利器了！」

「是的，我和赫基爾博士打了一個小賭，看你能否在抵達城堡之前就明白這件事。幸好你沒有讓我失望。」

「聽起來您早就知道我們會造訪此地。」克勞斯彈了一下手指，「啊！您就是那位神祕的委託人！」

你們終於找到這起案子的最後一片拼圖。

蝙蝠男爵興奮的為克勞斯鼓掌，和你想像中的陰沉吸血鬼形象完全不同。「答對了！請原諒我必須保持神祕，等你們活到我這把年紀，也會跟我一樣盡可能在生活中找樂子。」

「您該不會一直在暗中觀察我們？」克勞斯小心翼翼的問。

「對。」老吸血鬼坦然承認。

「以一位離群索居的吸血鬼始祖來說，您對我們的興趣似乎太過頭了。」克勞斯很好奇你們吸引這位老吸血鬼的原因。

「確實如此。我想你們都看得出來，這裡沒有電視或其他娛樂設施，永恆不死其實相當無聊。尤其活到一定歲數後，這世界上的每一件事我都已經看過、聽過，一切都了無新意，直到我發現了你們。」蝙蝠男爵就像為朋友介紹新玩具的興奮小男孩，「這是多麼棒的驚喜啊！從遠方暗中觀察你們，已經變成我每日生活中最期待的小娛樂。沒錯，我一直在注意你們。我看過每起案件，知道所有祕密，我甚至知道你當初雇用這個人類助理的理由，索斯塔先生。」

「我不知道您說的是什麼意思。」克勞斯看起來不想面對這個問題。

蝙蝠男爵輕捏了克勞斯的肩膀一下，眼神則注視著你。「你瞧，那位前助理帶給你老闆的影響，遠比他透露出來的更深。」

克勞斯先是難過的搖搖頭，接著才緩緩吐露心聲。「艾德文是個好助理，他掉進無底洞失蹤，讓我非常自責。」

「你因此改為雇用人類助理，對嗎？」蝙蝠男爵傾身向前，用一股看好戲的調皮神情觀察克勞斯。

「是的。我想，假如這次選擇一個與暗影區毫不相干的人類當助理，我應該就不會再投入那麼多感情。」克勞斯第一次向你坦承如此細膩的感受，「我以為助理是名人類，自己便不會在意他。但是……」老闆的音量漸漸變小，似乎在思索應該坦白到什麼程度。

他終於轉過頭來凝視著你，真心對你說：「我確實很在乎你。」

你不知道該如何回應。你的老闆為人公正又友善，卻從來不輕易吐露內心的想法。他張開毛茸茸的雙臂，輕柔的抱住你。這種溫暖又撫慰人心的感覺，遠勝過一杯剛泡好的熱巧克力。

「從現在開始，你不再是我的助理，而是我的夥伴！」他放開你，鄭重的對你說，你則報以微笑。

「我仍不明白，為什麼一個隱居的吸血鬼會對我倆這麼感興趣。」克勞斯收起難得流露的情緒，迅速拉回正題。

「因為你們十分與眾不同。當你們到了我這個年紀，呃……應該很難，你們會明白『與眾不同』是上天賜予的珍貴禮物。大部分求見我的人想法都很容易預測，實在是悲哀又無趣。不是想要我賜福、請我幫忙，就是想要暢飲這個……」

蝙蝠男爵揮了一下手，地下室的某個角落忽然亮起，你看到一個光亮的水池，池子裡流動的強大能量，和你體內的魔法互相吸引。

「難道這就是祈願水？」克勞斯忍不住驚呼。

「正是。祈願水不但有讓願望成真的魔力，還有一層更深刻的意義。這是世界上最偉大的兩種族類誕生之處。」

「真的嗎？」克勞斯顯得興致高昂。

「最早發現它的是一位高貴，而且——請容我用英俊來形容——的探險者，以及他了不起的忠犬，當時他們正在附近的山裡探險。」他再次揮手，故事中的主角浮現在水面，一名男子和一隻狗抵達了沐浴在月光下的洞穴。

「那是一個美好的月圓之夜，探險者的水壺早已枯涸多日。又飢又渴的他們在垂死邊緣時，恰好發現了那潭救命泉源，於是男人和狗一起喝下了泉水。他們飲水時許下了心願，祈願水也實現了願望。男人曾在旅途中多次經歷生死危機，因此他祈求自己能永生不死；他的忠犬則以仰慕的眼神注視著主人，希望自己能用後腳站立，並理解人類的語言。從此之後，世界上便誕生了吸血鬼和狼人。」蝙蝠男爵緩緩道出這段歷史。

克勞斯走近水池，凝視著水中的幻影，開口問：「這個男人就是您？」

蝙蝠男爵朝你們鞠了個躬，慢條斯理的回答：「是的，永生不死的代價就是成為吸血鬼，而狼人必須在月圓之夜變回狼形。我們重獲新生後沒多久，這堵牆上便出現了幾段預言。」

你順著男爵的目光，大聲念出牆上的字。

總有一天，一個狼人會回到水邊，解除咒語。

「難怪弗蘭肯芬會認為您想要一個狼人作為禮物。」克勞斯總算知道夜間市長綁架翠莎的理由。

「沒錯，可憐的翠莎．嚎嚎。等我們聊完之後，我再找時間跟她好好談一談，看看能否找到無視彼此差異的相處之道。」蝙蝠男爵繼續滔滔不絕的說：「預言尚未結束！後半段的內容才是我認真追蹤你們，甚至邀請兩位到訪源泉城堡的主要原因。你們看！」

一盞燈亮起，照亮對面牆上的預言。

然而吸血鬼和狼人都必須等待能夠掌握自己命運的那一位，
他發現了魔法，總是不停解救生命，
破解所有謎團，終結一切罪行。

對預言倒背如流的蝙蝠男爵向你們解釋，「多年來，我不斷思索著這幾段預言真正的意思，有一次我盯著祈願水尋找靈感，你的身影忽然浮現在水面上——一個人類為雪怪工作！我相信預言裡的『他』指的就是你。」

蝙蝠男爵的視線和你的雙眼同高，他用一隻長長的手指戳著你的眉心。「我從遠處看著你找到怪物製造機、尋回時間海綿，甚至不顧自己性命，勇敢的恢復了避風鎮上消失的魔法！我見證了你抽絲剝繭的能力，以及勇於探索現實所有可能的無限潛力。」

「您真的認為這則預言說的是我的夥伴？」克勞斯仍舊半信半疑。

「是的，我確實這麼認為。」蝙蝠男爵無比肯定的回答：「其實，牆上還有另一段預言，只是最後一行字消失了。我相信如果透過那位天選之人說出預言，它便會再次浮現。」

「我想，只有一個方法可以印證。」克勞斯看了你一眼。

蝙蝠男爵揮手照亮第三道牆，現出最後一段預言。你深吸一口氣後，大聲讀出字句。

那一位的願望即將成真。

那會是一名人類……

就在你說出這幾句預言時，最後一行字突然浮現了。

那就是你！

你想許下什麼願望呢？

回到案件一開始，尋覓另一條線索來破解謎案？
前往第8頁

神祕的邀約

或者回到你從失魂落魄村返回火車上的那一刻？
前往第112頁

令人羨慕的家務怪寶

或者……

在你擔任偵探助手的期間，你已經證明自己有能力做出困難的抉擇，因此你可以祈求任何事物！那麼，你想要什麼呢？

不論是什麼，現在就是許願的時刻！

嫌疑犯檔案

姓名：惡煞梅塔

種族：怪物，由弗蘭肯芬博士透過怪物製造機所創造，身體大多部位取自人類的屍塊。

其他資訊：擁有兩顆心臟，姍姍來遲的重量級女主角，復活過程一波三折。由於臉太僵硬，做不出表情，因此說話時會把自己的情緒摻雜在對話中一起表達。弗蘭肯芬將她設定為乖巧、沒有主見的妻子，然而她無法控制自己的心意，愛上了其他生物。

招牌名言：

- 你爸爸是個好人，他給我兩顆心，一顆心用來愛他，一顆心用來愛你。
- 我並沒有，把我的心交給別人，它是被偷了。長長的嘆息。

姓名：家務怪寶

種族：怪物。

其他資訊：弗蘭肯芬大量製造的迷你怪物，被拿來分送給選民以拉抬人氣。體型嬌小，絲毫不占空間，只會說幾個固定的詞和打理家務。自從被鐵路公司採用後，便負責包辦外西凡尼亞特快車上的所有雜事，工作相當繁重。本應沒有自我，後來卻逐漸發展出了思考能力。

招牌名言：

- 讓怪寶幫忙……讓怪寶幫幫忙……
- 自由、自由，我們只想要自由。

姓名：包特茲

種族：怪物。

其他資訊：女巫姐妹火娜拉·米可鳥和布莉姬·米可鳥利用弗蘭肯芬的怪物製造機所創造出的紫髮怪物，為她們的免費僕役。個性溫吞、任勞任怨，經常受到兩位女巫的欺侮和訕笑。製造時並未被賦予情感，身體裡卻住著感性的靈魂，甚至有了愛人的能力。

招牌名言：

- 包特茲，忙碌。
- 我們都值得——愛。

姓名：奈傑爾．瑞瑪洛（夫）和珊德拉．瑞瑪洛（妻）

種族：精靈，個頭嬌小，擁有一對尖長的耳朵，整體外形和人類十分相似。

其他資訊：奈傑爾經營一間魔法家電行，是魔法專家。珊德拉擔任避風鎮副市長，為自視甚高的女強人。他們的女兒艾芬娜在異象警隊服務。本趟旅程美其名為夫妻的二次蜜月，只是事情似乎不如想像中單純。

招牌名言：

- 結婚三十年，至今我們仍像初識那天相愛。
- 你這個迷人的老東西。

姓名：蠻牛．紅磚

種族：地精，身材矮小，頭戴紅帽，經常成群結隊在地底下活動，傳說中是房屋或土地的守護者。

其他資訊：外西凡尼亞特快車的乘務員，負責接待旅客，管理車上的大小事務。個性單純、容易緊張，嚴格遵守乘車規定。最討厭不買票的偷渡客，對占據行李車廂的哥布林更是恨之入骨，一直想找機會把他們強制驅離。到了失魂落魄村後，與一位女子陷入熱戀。

招牌名言：

- 那些哥布林都沒有買票，我完全無法接受這種行為！
- 愛情有如旋風般轉瞬即至。

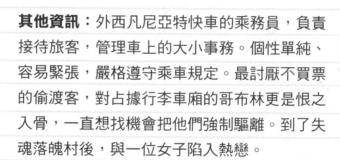

姓名：奧美

種族：巨魔，體型龐大，頭部東凸一團、西多一塊，彷彿匆促灌模的爆漿麵包。通常個性粗暴，讓大家避之唯恐不及。

其他資訊：外西凡尼亞特快車的駕駛員，性格與一般巨魔差異極大，大部分時間都非常溫和，甚至擁有一副悅耳的嗓音。除了駕駛火車，偶爾也會照看提供燃料的火鳳凰佛絲蒂娜。為了得到家務怪寶，和弗蘭肯芬進行一場祕密交易。

招牌名言：

- 不必緊張，規矩就是用來打破的。
- 沒有燃料，我們哪裡都去不了。

姓名：法老拉美帝帝

種族：木乃伊，製作過程繁複費時，需要在人死之後掏空體內所有器官和大腦，再以香料和裹屍布包起來乾燥而成。

其他資訊：古埃及法老，魔具珍寶博物館館長的多年好友。身為館長孫女喬琳的家庭教師，常對這位叛逆的青少女莫可奈何。十分感謝陶德惠索館長為他接上大腦，讓他可以像正常人一樣思考，只是那顆腦袋似乎不是他的……

招牌名言：

- 感謝當初把我製成木乃伊的人，謹慎的保存了大腦，讓我到現在都能繼續學習。
- 只有自身無趣的人，才會老覺得無聊。

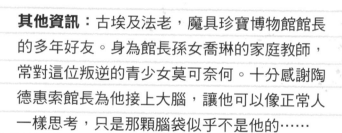

姓名：喬琳．陶德惠索

種族：蛇髮女妖，外表看似是名普通少女，頂上的頭髮卻由一窩鮮豔的毒蛇組成，只要和蛇四目相交，就會變為石頭。

其他資訊：陶德惠索館長的孫女，正值叛逆期的青少女。頭上的毒蛇十分暴躁、有活力，因此必須戴著迷你墨鏡，防止牠們隨時把看不順眼的生物變成石頭。在家自學，沒有和其他同齡孩子一起就讀避風鎮異能學院。經常挖苦或反駁家庭教師法老拉美帝帝。

招牌名言：

- 我是無趣，你是無腦。
- 他們唯一的罪行就是讓我無聊的要死。

姓名：蝙蝠男爵

種族：吸血鬼，以吸食人類鮮血維生，雖然永生不死，但最怕太陽、大蒜和十字架。可以隨時化身為蝙蝠，必須受到邀請才能進入他人家中。

其他資訊：隱居深山的吸血鬼，曾在一夜之間獨自消滅一座村莊，在異世界具有崇高地位。據說個性暴躁易怒，其實本人更像一位氣場強大的老頑童。

招牌名言：

- 抱歉，我太久沒有與別人交談，得花點時間開嗓。
- 等你們活到我這把年紀，也會跟我一樣盡可能在生活中找樂子。

姓名：赫基爾博士

種族：不詳，外貌看起來是人類，和分身「假博先生」共用一個身體。

其他資訊：蝙蝠男爵的得力助手，身形高瘦、彬彬有禮的紳士。由於只能說實話，因此在接待訪客時必須特別小心。萬一說了謊，會經歷一連串劇烈的變身過程，外形和人格都轉變為另一個分身。

招牌名言：

- 敬請留意您的腳步，發生物品掉落或墜崖，恕不負責。
- 抱歉，我的分身總是惹毛大家。

姓名：假博先生

種族：不詳，外貌看起來是人類，和分身「赫基爾博士」共用一個身體。

其他資訊：蝙蝠男爵的得力助手，個子矮小、粗野無禮的男子。由於只能說謊話，因此在接待訪客時必須特別小心。萬一吐露實情，會經歷一連串劇烈的變身過程，外形和人格都轉變為另一個分身。

招牌名言：

- 男爵最喜歡看到陌生人在他的私人密室裡閒晃，請你們務必這麼做。
- 這裡的懸崖很安全，你們不會掉下去摔死。

文／加雷思・P・瓊斯 (Gareth P. Jones)

英國童書作家，與妻子和兩名孩子住在倫敦東南區。作品《康斯丁詛咒》（暫譯）曾獲得英國廣播公司（BBC）兒童讀物文學獎——藍彼得獎（Blue Peter Award），著有四十餘本童書，包括《猩蒂瑞拉：自信出擊！女力繪本》和《長耳兔公主：自信出擊！女力繪本》（步步），以及《桑斯威特遺產》、《死亡或是冰淇淋》、「龍偵探」系列、「忍者貓鼬」系列、「蒸氣龐克海盜探險」系列、「寵物守護者」系列（以上皆暫譯）等。加雷思時常造訪世界各地的學校，也經常在節慶中演奏鋼琴、小號、吉他、烏克麗麗和手風琴等樂器，不過演出偶爾會「凸搥」。

圖／露易絲・佛修 (Louise Forshaw)

英國畫家，與未婚夫和三隻吵鬧的傑克羅素㹴（萊拉、派伯和班迪特）住在新堡，時常被三隻狗「使喚」。露易絲至今繪製了五十餘本童書，包括《太空大探險：把書變成地球儀！》和《世界恐龍地圖：把書變成地球儀！》（風車），以及《好棒的萬聖節》、《好棒的寵物》和《好棒的蛋糕》（上人）等。她熱愛閱讀，也沉迷於所有以吸血鬼為主角的影集。

譯／林劭貞

兒童文學工作者。喜歡文字，貪戀圖像，人生目標是玩遍各種形式的圖文創作。翻譯作品有《雪怪偵探社 2 ：時間小偷》、《雪怪偵探社 3 ：消失的魔法》、《 100 招自我保護的安全知識繪本》、《我是堅強的小孩》等；插畫作品有《魔法二分之一》、《魔法湖畔》和《天鵝的翅膀：楊喚的寫作故事》（以上皆由小熊出版）。